내 인생의
화양연화

내 인생의 화양연화

글 송정림 | 그림 권아라

화양연화

花樣年華

인생의 가장 행복한 순간 또는 여자의 가장 아름다운 때

책, 음악, 영화, 자연 속의 그녀에게
인생의 길을 묻는다.

"나 어떻게 살아야 할까요?"

자음과모음

마흔, 인생의 아름다운 하프타임

마흔을 불혹의 나이라고 합니다. 그러나 그건 2,500여 년 전 공자의 말입니다. 지금의 여자 나이 마흔은 단언컨대 유혹의 시기입니다. 여자 나이 마흔의 나뭇가지에 바람이 붑니다. 흔들립니다.

여자 나이 마흔을 장미에 대지는 못하겠지요. 그러나 목련에 비유할 수는 있을 겁니다. 은은하고 부드러운 목련 같은 시절, 그 가지에 부는 바람을 피할 생각은 없습니다. 바람이 불지 않는 삶이 무슨 재미인가요? 바람이 불어 생의 가지를 흔들어 댄다면 땡큐, 기꺼이 흔들려 주면 됩니다. 흔들림 속에서 진짜 내 모습을 보게 될 테니까요.

그동안 작은 손거울로 나를 비춰 왔다면 이제는 전신거울로 나를 비춰 볼 시간입니다. 그래서 더 나를 잘 볼 수 있고, 그래서 온전히 내 인생을 살 수 있는 시간입니다.

인생의 센터, 전반전을 치르고 후반전에 돌입하는 하프타임 지점.

그래서 호흡을 고를 수 있고, 전략을 다시 짤 수도 있으며, 마음을 다시 다질 수도 있는 터닝 포인트의 짜릿한 시간입니다.

세월의 경계를 거쳐 온 사람은 말합니다. 20대보다 30대의 세상이 더 넓어졌고, 30대보다 40대의 인생이 더 즐거웠고, 40대보다 50대의 사랑이 더 행복했다고…….

마흔에는 얼짱, 몸짱, 뇌짱은 될 수 없을지 모릅니다. 그러나 맘짱은 될 수 있지요. 마흔의 나이는 예쁘기보다 아름답습니다. 20대 때의 무모한 열정을 토닥토닥 다독일 줄 아니까요. 그리고 노년의 관조를 미리 배워 순리를 받아들일 줄 아니까요.

마흔은 그렇게 와인처럼 향기로운 나이입니다. 때로는 아이처럼 풋풋하게, 때로는 청춘처럼 뜨겁게, 때로는 어른처럼 우아해질 수 있는 나이입니다.

그러니 어느 날 갑자기 닥친 중년의 나이에 당황할 것 없습니다. 오히려 어서 오라고 반갑게 맞아 줄 일입니다.

"지금 내 나이가 몇인데……." 하며 주저앉고 있다면 기억하시길 바랍니다. '오늘은 내 남은 날 중에 가장 젊은 날'이라는 사실을. 이 순간이 내 인생의 꽃봉오리, 가장 아름다운 시간, 화양연화라는 사실을.

흔들리는 불안과 터지는 한숨, 자꾸 눈물이 나는 외로움……. 나조차 나를 모르겠는 이 혼란의 사추기를 그저 그리움으로 회고하게 되는 어느 날 웃으며 말할 수 있겠지요.
"마흔의 시간은 생을 아름답게 볼 수 있는 선물이었어."

이 책은 마흔 무렵부터 내 마음에 주는 선물처럼 한 편씩 써나간 글입니다. 책 속에서, 그림 속에서, 노래 속에서, 그리고 자연 속에서 내 나이쯤 된 그녀들은 어떻게 이 상황을 극복했을까? 어떻게 이 마음을 느꼈을까? 그녀들의 인생을, 시간을 훔쳐보았습니다. 그녀들의 사랑을, 꿈을 커닝했습니다. 그녀들에게 답을 구하다 보니 마치 전선이 얽히듯 복잡하고 어지럽던 중년의 날들이 정돈되었습니다. 슬프고 외로웠던 시간이 행복해졌습니다.
그 삶의 힌트를 당신과 나누고 싶습니다.

불혹의 나이 마흔에 더욱 흔들리는 당신에게, 마음 깊숙한 곳에 순수를 품고도 그것을 찾지 못하는 당신에게, 그래서 슬픈 당신에게 이 책을 바칩니다.

사랑하기를, 아름다워지기를, 꿈꾸기를…… 이 모든 것을 절대 멈추지 말기를.
지금 이 순간이 당신의 삶 중에서 가장 아름답습니다.

2013년 여름
송정림

내 생의 하이라이트는 지금 이 순간

그리워하는 순간 꽃은 피어나고

사막에서 오아시스를 발견하는 법

내 인생의 화사한 꽃다발

미소를 짓는 시간

북소리를
들어라

고맙습니다

시도 때도 없이 슬픕니다. 괜히 눈물이 납니다. 원망이 쌓입니다. 인생이 고달프게 느껴집니다. 우울합니다. 종종 이유 없이 화가 납니다. 사춘기보다 더 위험한 사추기 증상입니다.

어쩌다 세월에 떠밀려 인생 상급생 처지가 되어 버렸습니다. 문득 인생 시험지를 받아들었는데…… 아직도 모를 것투성이네요. 머릿속이 하얘집니다. 이 문제를 어떻게 풀라고! 하급생 시절로 돌아가고 싶습니다. 울고 싶습니다. 몸의 리듬까지 엉켜서 엉망이 됩니다. 전선이 엉켜 버린 것처럼 생각이 뒤죽박죽됩니다. 누가 더운 이마에 찬 물수건을 좀 얹어 줬으면 싶습니다.

그렇게 엉켜 버린 감정의 배선 공사를 하는 방법은 저마다 다르겠지요. 그러나 다른 사람에게 폐 안 끼치고 할 수 있는 좋은 방법은 역시 음악이 아닐까요? 음악의 숨결을 느껴 보면 음악이 복잡하게 엉킨

전선을 하나하나 제자리에 돌려놔 줍니다. 그리고 더운 이마에 찬 물 수건을 얹어 줍니다.

> 생에 감사해.
> 내게 매우 많은 것을 주었어.
> 샛별 같은 눈동자를 주어 흑백을 구분하고
> 하늘을 수놓은 별을 보고
> 수많은 사람 중에 내 님을 찾을 수 있네.

비올레타 파라는 서정시처럼 아름다운 이 노래를 만들고 몇 달 후 스스로 생을 마감하고 말았습니다. 산티아고 외곽의 한 천막에서 스스로 머리에 권총을 쏘고 기타 위에 쓰러져 쓸쓸하게 죽어 갔습니다.

1917년에서 1967년까지 그녀의 삶은 치열하고 강인했으며, 불꽃처럼 뜨거웠습니다. 그러나 사랑 앞에서는 늘 울어야 했지요. 그녀가 사랑했던 남자들은 언제나 등을 돌렸습니다. 그 돌아선 사랑에 비올레타는 한없이 절망해야 했습니다.

〈생에 감사해〉를 만든 1966년, 쉰을 바라보던 그해에 그녀의 삶은 더 처절했습니다. 칠레 민속음악의 전당을 만들겠다는 꿈을 이루지 못했습니다. 게다가 마지막 남자라고 굳게 믿었던 사람도 그녀를 떠나 다른 여자와 결혼해 버렸습니다. 건강마저 악화됐습니다. 그녀의 삶은 모든 비상구가 막혀 버렸습니다. 출구가 없었습니다. 극도의 절망 속에 있었습니다.

고달프고 서글픈 인생, 그런데 비올레타 파라는 노래를 이어 가
네요.

생에 감사해.
내게 매우 많은 것을 주었어.
내 지친 발을 이끌어
도시와 시골길, 해변과 사막, 산맥과 평원,
그대 집과 거리와 정원을 거닐었네.

생에 감사해.
내게 매우 많은 것을 주었어.

인생의 모든 빛이 사라지고 어둠의 커튼 속에 갇혀 있던 그녀. 그
런데 스스로 목숨을 버릴 만큼 절망적인 생의 순간 앞에서 그녀가 노
래한 것은 "인생이여, 고마워요."였습니다.

사람은 누구나 죽음 앞에서 가장 생각이 깊어진다고 하지요. 그러
고 보면 진정한 사색이란 내 삶이 얼마나 감사한 일로 넘쳐 나는지
를 헤아리는 것인지도 모릅니다. 꽃향기를 맡을 수 있고 음악을 들
을 수 있다는 사실도, 날 걱정해 주는 가족이 있다는 사실도, 일을 할
수 있다는 사실도 참 고마운 일입니다. 그래서 thank, '감사'의 어원이
think, '생각'에서 온 것일까요?

"고맙다.", "고맙다."를 입에 달고 사는 친구가 있습니다. 그 친구는 만나도 고맙다, 전화를 해도 고맙다, 헤어질 때도 고맙다, 전화를 끊을 때도 고맙다고 합니다. 가식이 아닙니다. 만날 수 있어서 고맙고 목소리를 들을 수 있어서 고마운 마음이 얼굴에서도, 목소리에서도 느껴집니다. 그 친구는 세상의 잣대로 보면 사실 고마울 일이 하나도 없습니다. 가진 것 없고 건강하지도 못합니다. 그런데도 그 친구는 늘 고맙다, 고맙다 합니다. 그러니까 그 친구는 정말 다 가진 것처럼 보입니다.

감사해야 할 일이 넘치는 사람이 있습니다. 번듯한 외모에, 멀쩡한 육신에, 타고난 건강에 단란한 가족까지 있는 사람입니다. 그러나 그중에는 불만이 가득한 사람도 있습니다. 아무것도 이룬 게 없다고, 우리 부모님은 가진 게 없다고, 남들은 머리가 좋은데 나는 노력해야 한다고, 남들은 운이 좋은데 나는 운이 나쁘다고……. 그렇게 불평하는 사람은, 감정의 극빈자입니다.

반대로 누가 봐도 감사할 거라고는 아무것도 없어 보이는 사람이 언제나 고맙다고 합니다. 맛있는 반찬은 없지만 밥을 먹을 수 있다는 것만으로도 감사하고, 건강하지 못해 병원 신세를 지고 있지만 목숨을 이어 갈 수 있다는 것만으로도 감사하고, 팔은 불편하지만 걸을 수 있다는 사실만으로도 감사하고, 눈은 보이지 않지만 말을 할 수 있음에 감사해 하는 사람이 있습니다.

감사해야 마땅한 일에 감사하는 것은 누구나 할 수 있습니다. 그러나 도저히 감사할 수 없는 상황에서도 감사하며 웃는 사람은 정말 많

이 가진 마음의 갑부입니다.021

가진 게 없다. 이룬 게 없다. 아무도 없다……. 허망하고 슬퍼지는 날이면 비올레타 파라의 노래를 들어 보세요. 그리고 생의 축복을 하나하나 꼽아 보세요.

음악을 들을 수 있으니 복 받았구나.

그 사람이 있으니 복 받았구나.

머릿결을 스쳐 가는 바람을 느낄 수 있으니 복 받았구나…….

손가락을 하나씩 꼽을 때마다 비올레타 파라가 속삭여 줄 겁니다.

"당신은 축복 받은 사람입니다."

일어서서 걸어라

잉게보르크 바흐만의 책 『삼십 세』

🍃 친구가 노래방에서 김광석의 〈서른 즈음에〉를 불렀습니다.

점점 더 멀어져 간다. 머물러 있는 청춘인 줄 알았는데
비어 가는 가슴속엔 더 아무것도 찾을 수 없네.

심각한 표정으로 노래하는데 지켜보던 다른 친구가 말했습니다.
"겨우 서른 갖고 뭘 그래?"

요즘에 서른은 중년으로 취급하지 않지요. 젊디젊은 나이입니다.
그러나 서른은 얼마 전까지만 해도 중년에 돌입하는 상징성을 지닌
나이였지요. 결국 서른이라는 나이는 '중년'이라고 바꿔 말해도 될 겁
니다.

중년의 나이는 천천히 다가오지 않습니다. 어느 날 갑자기 닥쳐옵니다. 아직 청춘인 것만 같은데 어느 날 갑자기 주변에서 원로로 대접해 줍니다. 기분이 이상합니다. 변화가 내 안에서보다 밖에서 일어납니다. 세상 속의 내가 갑자기 다른 자리로 이사를 합니다. 어? 어? 어? 물음표가 몰려옵니다. 쭈뼛거리며 내 나이를 받아들이지 못할 즈음에 오스트리아 작가 잉게보르크 바흐만이 『삼십 세』에서 돌직구를 날립니다.

자신을 젊다고 내세우는 것이 어색하게 느껴진다.

이제 나이를 먹어 버렸으니 더 이상 젊다고 버티지 말라……. 이런 소리처럼 들렸습니다. 팔자 주름 야무진 오스트리아의 이 여류 작가는 중년의 나이를 어떻게 받아들였을까 궁금해졌습니다.

서정 시인이자 소설가인 잉게보르크 바흐만은 서른 이후 모든 직업을 버리고 글쓰기에만 전념했습니다. 스위스 작가 막스 프리쉬와 나눈 사랑이 파경에 이르자 2년 동안 아무 글도 쓰지 못할 정도로 방황했는데, 그 후에는 주로 여행하면서 지냈습니다. 그런데 마흔일곱에 그녀가 가장 사랑했던 도시 로마에서 원인 모를 호텔 화재로 사망하고 맙니다. 그녀가 1961년에 발표한 『삼십 세』는 서른을 앞두고 겪는 갈등을 담은 철학 에세이 같은 소설입니다.

젊다고 내세우는 것이 어색하게 느껴지는 나이, 서른 직전의 어느 날 그는 잠에서 깨어납니다. 그리고 지나간 모든 세월을, 경솔하고 심각했던 시절을, 그 세월 동안 자신이 차지했던 모든 공간을 기억으로 호출해 냅니다.

20대의 그는 극단적인 사상과 공상에 찬 계획에 몰두했습니다. 혁명했으며, 그리스 철학자를 연구했고, 취직했다가 사직도 했습니다. 무전여행을 떠나 히치하이킹을 했고, 잘 모르는 친구가 제3자의 주소를 적어 준 것을 써먹으며 여기저기서 발길을 멈추었다가 다시 여행을 계속했습니다. 방랑하다 돌아오고, 또다시 방랑하다 돌아오곤 했던 20대에는 겁이 없었습니다.

그런데 서른의 경계 앞에서 함정에 빠집니다. 생은 의혹에 가득 차고 불안하게 흔들립니다. 통찰력을 갖추고 멋지게 나이 든 모습을 꿈꾸지만 현실은 그렇지 않습니다. 그저 타인의 잣대에 이리저리 흔들립니다.

이 소설을 읽는 동안 등장인물과 함께 나도 흔들렸습니다.

타인의 눈에 비친 나만 가득한 나. 그러나 과연 타인의 이목과 잣대를 다 털어 내고 나면 나는…… 나는 누구인 걸까?

창가로 걸어가 차가운 유리창에 이마를 댔습니다. 그리고 생각했습니다.

인생의 하프타임, 중년. 전반전을 지나 후반전에 돌입하는 나이. 그래, 지나온 길은 돌아보지 말자. 그렇다면 과연 나는 어떻게 인생의 나머지 시간을 보내야 할까?

그때 잉게보르크 바흐만이 다가와 말을 건네더군요.

"당신 자신을 사세요."

나 자신을 산다는 것. 그건 또 무엇일까요?

나답게 살기 위해서는 나를 알아야 했습니다. 그러기 위해서 내 마음을 기록해 가기로 했습니다. 문방구로 달려갔습니다. 신학기 노트를 사는 학생들 틈에 끼어 나도 신입생처럼 노트 한 권을 샀습니다. '마음 기록장'이라고 앞 장에 썼습니다. '나 자신'을 살아가기 위한 기록들이 하나하나 채워지겠지 생각하니 문득 신입생처럼 마음이 설렜습니다. 그렇게 나를 찾아가는 여정이 시작됐습니다.

중년. 인생의 후반기를 시작하는 지점은 이래서 좋습니다. 새로 시작할 수 있기에, 호흡을 고르고 마음을 다질 수 있기에.

팔랑거리며 내 손에서 돌아가던 바람개비와 "후~!" 하고 불면 퐁퐁 터져 나가 허공에 흩어지던 비눗방울 놀이가 생각나네요. 바람개비는 들고 서 있기만 하면 절대 돌아가지 않습니다. 손에 들고 달려가야 활발하게 돌아갑니다. 비눗방울 놀이도 그냥 들고만 있으면 절대 예쁘지 않아요. 후~ 하고 불어 줘야 예쁜 방울이 하늘로 올라갑니다.

그리고 보면 어린 시절 놀이는 삶을 능동적으로 살라고 가르쳐 준 인생의 스승이었습니다. 몸을 움직이고, 머리를 쓰고, 마음을 다해야 즐거울 수 있다는 것. 그 능동성을 우리는 놀이에서 배웠습니다.

그는 곧 서른이 된다. 서른 번째 생일이 다가올 것이다. 그는 생기에 넘쳐 앞으로 닥쳐올 것과 손을 잡았다.

잉게보르크 바흐만 『삼십 세』의 마지막 구절처럼 나 역시 생기에 넘쳐 앞으로 닥쳐올 것과 손을 잡았습니다. 『삼십 세』의 다부진 충고를 마음에 새겨보면서…….

내 그대에게 말하노니 일어서서 걸으라.
그대의 **뼈**는 결코 부러지지 않으니.

지금 문방구로 가시기를 바랍니다. 그리고 처음 학교에 입학하는 신입생처럼 노트 한 권을 사세요. 어차피 우리는 매일 인생 학교에 입학하는 신입생이니까요. 그 노트를 펴고 기록하시기를 바랍니다. 내 삶의 알리바이는 내가 증명하는 것. 내 삶의 역사는 내가 써 나가는 것. 아직 늦지 않아요.

시간의 통곡 소리

로버트 제임스 월러의 소설 『매디슨 카운티의 다리』

🍃 "내가 가장 아름다웠던 시절엔 사랑하던 사람이 곁에 없었죠."

영화 〈동사서독〉에 나오는 대사입니다. 현실 속에서 다시는 만날 수 없는 두 사람이 서로 다른 곳에서 한 장소를 그리워하지요. 그곳은 바로 두 사람이 함께 있던 곳, 겨울에도 복사꽃이 만발했던 곳입니다.

그렇게 서로 사랑하지만 평생 그리움만을 안고 사는 사람들이 있습니다. 평생 함께하지 못하고 같은 주소를 가져 보지 못하는 사람들, 그들은 슬픈 사랑을 하는 사람들입니다. 너무 슬픈 사랑은 사랑이 아니라는 노래도 있지만 슬퍼서 더 아름다운 사랑도 있습니다.

친구가 그런 얘기를 하더군요.

우연히 첫사랑 소식을 듣게 되었다고. 어디선가 잘 살고 있겠지했는데, 교통사고로 몇 년 전에 세상을 떠났다는 얘기를 듣게 되었다고.

젖은 시선으로 그녀는 말했습니다.

그 사람이 살아 있다고 다시 만날 것도 아니지만 같은 하늘 아래 살고 있다고 생각하면 참 기분이 좋았다고. 지금은 못 만나도 언젠가 늙어서라도 얼굴 한번 볼 수 있겠구나, 무의식 속에 기대하고 있었다고. 그것이 삶의 위안이며 희망이었다고.

마음의 한 공간, 그 의자에 앉았던 이가 떠나 버리고 이제 빈 의자 하나를 품고 살아야 하는 친구. 그녀의 손을 잡아 주었습니다. 그리고 이 소설을 떠올렸습니다.

'단숨에 독자의 심장에까지 도달하는 작가'라는 평을 받은 로버트 제임스 월러의 『매디슨 카운티의 다리』. 실화에 바탕을 둔 이 소설은 이렇게 시작됩니다.

매디슨 카운티에 밤의 장막이 내렸다.

이 날은 1987년 그녀의 예순일곱 번째 생일이었다.

그녀는 추억했다.

추억하고 또 추억했다.

아이오와 92번 도로를 따라 빗속을 달리던 빨간 후미등의 이미지.

20년도 넘는 세월 동안 그 안개가 내리는 가운데 살았다.

그리고 소설은 프란체스카의 회상으로 이어집니다.

1965년 미국의 어느 작은 마을. 교사 출신인 프란체스카는 농부의 아내로, 두 아이의 엄마로 무료하고 권태로운 전업주부의 일상을 살아갑니다. 그런 어느 날 남편과 두 아이가 박람회에 참가하기 위해 4일간의 여행을 떠나고 프란체스카는 홀로 집에 남겨집니다.

그때 내셔널 지오그래픽 사진기자 로버트가 매디슨 카운티 다리를 촬영하기 위해 마을을 찾아옵니다. 프란체스카와 로버트는 우연히 만나고, 짧은 기간이지만 애틋한 사랑을 나눕니다.

곧 가족들이 돌아올 시간이 다가오고…… 그들은 이별해야 했습니다. 헤어져야 하는 시간, 로버트는 프란체스카에게 말합니다.

"애매함으로 둘러싸인 이 우주에서 이런 확실한 감정은 단 한 번만 오는 거요."

로버트는 남은 인생을 함께 살자고 하지만 프란체스카는 대답합니다.

"당신은 낡은 배낭이고, 해리라는 이름의 트럭이고, 아시아까지 날아가는 제트 여객기예요. 나를 데리고서도 당신이 그렇게 살 수 있다고 확신할 수가 없어요. 당신이라는 멋진 야생동물을 죽이는 것이나 다름없어요."

두 사람은 어쩔 수 없는 이별을 맞아야 했지요. 그 후 그들은 평생 단 한 번도 잊은 적 없이 살았습니다. 그렇게 가슴속에 꼭꼭 묻어 두었던 사랑……. 프란체스카는 죽음을 눈앞에 두고서야 자녀들에게

 말합니다. 그와의 추억이 있는 매디슨 카운티 다리 주변에 자신의 잔해를 뿌려 달라고……

평생 그녀를 그리워하다가 먼저 죽어 간 로버트. 그가 죽기 전에 프란체스카에게 보낸 편지에는 이렇게 쓰여 있었습니다.

나도 결국 사람이오. 아무리 철학적인 이성을 끌어대도 매일 매순간 당신을 원하는 마음까지 막을 수는 없소.
자비심도 없이 시간이, 당신과 함께 보낼 수 없는 시간의 통곡 소리가, 내 머릿속 깊은 곳으로 흘러들고 있소.

사랑하는 사람과 함께 있으면 시간도 소리 내서 웃습니다. 그러나 사랑하는 사람과 함께 있지 않으면 시간도 통곡 소리를 냅니다.

사람과 사람이 같이 있고 싶은 마음, 그것이 사랑의 본질입니다. 서로 바라보며 나란히 앉고 싶고, 밤이 오면 현관에 신발을 나란히 벗고 싶고, 같이 등불을 켜고 같이 소등하고 싶은 것. 그리고 아침 해가 떠오르는 것을 같이 바라보고, 나란히 함께 앉아서 석양을 보고, 어깨에 기대앉아 별과 달을 보고 싶은 것. 그것이 사랑하는 마음입니다. 가장 슬픈 사랑은 일상을 같이할 수 없는 사랑입니다.

그대 생각이 나를 잠재워 주지 않는다고, 언제나 나를 밝게 깨워

놓고 숨 막히게 하고 군림하기 때문에 도무지 대책이 안 선다고, 그래서 지금 나는 하얀 새벽 강에 뗏목을 띄운다고, 그렇게 김용택 시인은 잠 못 이루는 마음을 시로 썼습니다. 지금 하얀 밤의 강에 어떤 그리움의 뗏목을 띄우고 계신가요?

“그냥…… 그 여자가 가는 길을 나도 걷고 싶고 그 여자가 보는 바다를 나도 보고 싶었어요.”

영화 〈박하사탕〉에서 영호가 군산에 갔을 때 첫사랑이 그곳에 살고 있다는 소식을 듣고 한 말입니다. 그 사람이 같은 하늘 아래 살고 있다는 사실만으로도 행복하고, 비가 오면 그 사람도 이 비를 맞고 있겠구나 싶고, 라디오에서 함께 듣던 음악이 들리면 그 사람도 듣고 있을까 궁금해지고…… 그럴 때가 있지요.

그리고 보면 진짜 주소는 몸이 사는 주소가 아니라 마음이 사는 주소입니다. 그 사람이 있는 곳, 그래서 내 마음이 자꾸 머무는 그곳이 진짜 주소입니다.

아름다운 반창고, 눈물
프리다 칼로의 그림 〈작은 사슴〉

어렸을 때는 손가락에 작은 상처만 나도 덜컥 겁이 났습니다. 아파서라기보다 겁이 나서 울음을 터트리곤 했습니다. 어린 시절에는 눈에 보이는 상처 때문에 울었습니다. 그러나 나이를 먹어 가면서 눈에 보이는 상처에는 덤덤한데 눈에 보이지 않는 마음의 상처에 더 많이 울게 돼요. 내공이 생길 법도 한데 어김없이 또 상처 입어요. 상처는 아무리 예방주사를 맞아도 면역이 되지 않아요. 상처는 그렇게 끝도 없이 찾아드는 인생의 불청객입니다.

이런 일은 안 겪으면 좋을 텐데 싫은 일도 사는 동안 겪으며 살아야 하지요. 그래서 마음에 상처를 입습니다.

자신의 이익을 위해서라면 남의 상처쯤 아무렇지도 않다고 생각하는 사람들. 그 틈에서 아파하던 어느 날 그림 한 점을 보았습니다. 작은 사슴 한 마리가 몇 개의 화살을 맞은 채 피 흘리고 있는 그림이었어요. 마치 내 몸에 화살을 맞은 듯 아릿한 고통이 스며들었습니다. 그 사슴은 바로 그 그림을 그린 프리다 칼로 자신이었습니다.

주로 자화상을 그려 온 프리다 칼로는 그 이유를 이렇게 말했습니다.

"나는 너무나 자주 혼자기에, 또 내가 가장 잘 아는 주제기에 나를 그린다."

어느 슬픈 날 노트에 내 얼굴을 그려 봤는데 나도 모르게 뺨에 눈물을 그리고 있더라고요. 자화상은 자신의 모습을 그리는 게 아니라 마음을 그리는 것이더군요. 아니, 자신의 마음이 저절로 담겨지는 것이 자화상임을 그제야 알았습니다.

화살을 맞은 채 피 흘리는 사슴……. 그런 자화상을 그릴 때 프리다 칼로의 마음은 얼마나 아팠던 걸까요. 얼마나 상처를 입었으면 그런 자화상을 그렸을까요. 그녀의 자화상을 물끄러미 보다 보니 내 상처쯤은 아무것도 아닌 것처럼 느껴졌습니다.

멕시코 화가 프리다 칼로는 여섯 살 때 소아마비를 앓아 오른쪽 다리가 불편했습니다. 그러나 총명하고 아름다운 소녀로 자라났지요. 프리다의 꿈은 의사였습니다.

그러던 어느 날 프리다는 숙명적인 만남을 갖게 됩니다. 학교 강당에 벽화를 그리러 온 디에고 리베라를 처음 만난 것이었지요. 디에고는 당시 멕시코와 혁명을 대표하는 미술가였습니다. 그러나 여성 편력과 돌발적인 행동으로 악명도 함께 날리던 인물이었지요. 그때만 해도 프리다에게 디에고는 아무런 관심도 없는 대상이었습니다.

프리다가 열여덟 살이던 1925년 9월, 그녀의 삶을 송두리째 바꿔 놓는 사고가 일어났습니다. 학교 갔다 집으로 오는 길에 탔던 버스가 큰 사고를 당했던 겁니다. 그녀의 옆구리를 뚫고 들어간 강철봉이 척추와 골반을 관통해 허벅지로 빠져나왔고 소아마비로 불편했던 오른발은 짓이겨졌습니다. 살아 있는 것이 기적일 뿐 그녀가 다시 걸을 수 있다고는 아무도 장담하지 못했습니다. 프리다는 9개월 동안 전신에 깁스를 한 채 침대에 누워 있어야 했습니다. 프리다는 이 사고를 이렇게 표현했습니다.

“나는 다친 것이 아니라 부서졌다.”

온몸에 깁스를 하고 침대에 누워 두 손만 자유로웠던 프리다. 그녀가 할 수 있는 일은 오로지 그림을 그리는 것뿐이었지요. 그녀의 부모는 침대 지붕 밑면에 전신 거울을 설치한 침대와 누워서 그림을 그릴 수 있는 이젤을 선물했습니다. 꼼짝할 수 없었던 프리다는 거울에 비친 자신의 모습을 그리기 시작했습니다. 그것이 그녀가 평생을 두고 자화상을 그리기 시작한 계기였습니다.

끝없는 수술과 수술……. 악몽 같은 치료 끝에 프리다는 기적적으로 걸을 수 있게 되었습니다. 그러나 그 후유증으로 생긴 고통은 그녀를 평생 괴롭혔습니다.

척추의 고통은 그녀에게 새로운 꿈을 꾸게 했습니다. 바로 그림이었지요. 병상에 누워 그림을 그리는 동안 프리다는 자신의 운명이 그림에 있음을 느꼈습니다.

미술 교육을 제대로 받은 적이 없던 프리다는 예전에 학교 강당에서 우연히 만났던 디에고에게 그림을 가져갔습니다. 프리다의 그림을 본 디에고는 외쳤습니다.

"이 소녀는 분명 진정한 예술가다!"

1929년 8월, 스물둘의 프리다는 스물한 살 연상인 디에고와 결혼했습니다. 그 후 한동안은 당시 멕시코를 대표하는 천재 화가 디에고의 아내로 잘 지냈습니다. 그러나 행복은 그리 오래 머물지 못했습니다. 여성 편력이 심한 디에고는 결혼한 후에도 외도를 멈추지 않았습니다. 이 때문에 프리다는 평생 고독과 상실감을 안고 살아가야 했습니다. 몇 차례의 유산 끝에 만신창이가 된 프리다. 설상가상으로 남편과 여동생에게 동시에 배신을 당했습니다.

그녀는 디에고를 향해 절규했습니다.

"내 인생에 대형 사고가 두 번 있었어. 하나는 교통사고, 다른 하나는 당신을 만난 거야. 그중에 당신을 만난 게 더 나빴어!"

결국 디에고와 이혼한 프리다에게 척추의 고통이 본격화되었습니다. 몇 차례의 대수술을 했지만 그녀의 육체는 계속 무너져 내렸습니다. 이혼한 지 1년 후 프리다에게 디에고가 다시 찾아왔습니다. 그들

은 경제생활과 성생활을 하지 않는 조건으로 재결합했습니다. 그러
나 건강은 더욱 악화되었고, 몇 차례의 척추 수술은 실패를 거듭했습
니다. 프리다는 대부분 누워서 지내야 했지만 절망에 빠질 수 없었습
니다. 인간의 배신에 질 수 없었습니다. 육체의 고통에도 결코 물러
서지 않았습니다. 그녀는 채워지지 않는 갈증과 아픔을 그림에 담아
내기 시작했지요.

1953년, 프리다의 첫 개인전이 열렸습니다. 일어나 앉지도 못하게
된 프리다는 침대를 그대로 전시회장으로 옮겨 개막식 축하연에 참
석했습니다. 그리고 누운 채 노래하고 마시며 함께 기뻐했습니다.
1년 후 1954년 7월, 프리다는 한 달 정도 남은 은혼식 기념 선물
을 디에고에게 미리 주었습니다. 그러고는 고통과 고독 속에서 보낸
47년의 슬픈 생을 마쳤습니다.
"이 외출이 행복하기를. 그리고 다시 돌아오지 않기를……."
그녀가 남긴 일기의 마지막 구절입니다.

"내 평생 소원은 단 세 가지. 디에고와 함께 사는 것, 그림을 계속 그
리는 것, 혁명가가 되는 것이다."

단 세 가지 소망으로 일생을 뜨겁게 살아 낸 프리다 칼로. 그림 속
의 상처 입고 피 흘리는 사슴은 바로 그녀 자신이었습니다.
온몸이 부서져 평생 누워 지내야 했는데도, 그토록 사랑했던 남편

과 혈육에게 배신을 당했는데도 다시 일어선 여인 프리다. 그녀에게 눈물은 인생의 슬픔만은 아니었지요. 눈물은 그녀의 힘이었습니다. 눈물은 그녀 삶의 동기였고 의지였고 의욕이었습니다.

눈물이 난다는 건 삶을 사랑한다는 것. 하늘이 파란 것만 봐도 눈물이 나고 꽃망울이 터지는 것만 봐도 눈물이 나는 것은 그만큼 이 시간과 이 생을 사랑한다는 증거라고 해요. 그래서 혹자는 이런 말도 남겼습니다.

"왜 사냐고 묻는다면 아름다운 눈물 한 방울 흘리려고 산다."

자꾸 슬퍼지는 것, 자꾸 눈물이 나는 것. 그것은 곧 우리가 생을 사랑한다는 증거입니다. 아주 작은 일에도 울컥 치미는 눈물, 그것이야말로 우리 생의 기쁨을 확인하는 작업입니다.

울고 계신가요? 지금 흘리는 그 눈물은, 당신 삶의 상처에 붙이는 아름다운 반창고입니다.

용감한 여성에게 복이 있나니

영화 〈에린 브로코비치〉

의기소침해집니다, 가끔. 아니, 고백건대 종종.

자신감이 밥이라고 스스로 주입식 교육을 하지만 소용없습니다. 주저앉고 싶어집니다. 내 나이가 이래서, 내 능력이 이 정도라서, 건강이 안 따라 줘서……. 이런저런 핑계(이건 정말 핑계)를 동원해서 안 주해 버리고 싶어집니다. 멋진 합리화도 있잖아요. 내려놓기. 비우기.

난 이제 다 끝났어. 무장해제. 짐 다 내려놓고 혹 다 떼고 편하게 주저앉고 싶어질 때쯤 전의를 불태우는 영화를 보았습니다.

영화 주인공은 예쁘고 착한 젊은 여자가 아닙니다. 그녀는 중년 아줌마. 아이가 셋이며 두 번 이혼했고 무시를 당하면 절대 못 참습니다. 하고 싶은 말은 가리지 않고 다 하는데 주로 하는 말은 지독한 욕설입니다. 의상은 가슴이 훤히 보이는 밤무대 의상. 걸음걸이는 투박함 그 자체. 가방끈 무지 짧습니다. 통장 잔고는 달랑 16달러. 그런 그녀에게 있는 유일한 재산 한 가지, 그건 바로 용감무쌍하다는 것. 그녀의 이름은 에린 브로코비치.

직업소개소를 전전하며 직장을 알아보던 에린은 차 사고로 알게 된 변호사 에드를 무턱대고 찾아갑니다. 자식이 굶게 생겼는데 이것저것 가릴 처지가 아니었지요. 돈 되는 일은 무조건 해야 했습니다. 에린은 "일 좀 시켜 주세요."라며 변호사 사무실에 눌러앉아 버립니다. 거친 말투에 맘대로 입은 옷차림, 남들 이목 따위는 신경도 안 쓰는 태도……. 사람들은 그녀와 일하기 싫어했고 그녀는 쫓겨나기 직전이었지요. 그런데 에린은 이상한 의료사고 기록을 보게 됩니다. 그리고 마을에 있는 대기업 공장에서 크롬 성분이 유출되고 있고, 그 때문에 사람들이 병들어 가고 있다는 사실을 알게 되지요.

"불의는 절대 못 참아!"

지금껏 그 누구도 대기업에 맞장 뜨는 일은 차마 벌이지 못했건만 이 무식한 아줌마는 풍덩 뛰어듭니다. 그리고 거대 기업을 상대로 한 미국 역사상 최대의 전쟁을 시작합니다. 자, 결과는 어떻게 되었을까요?

줄리아 로버츠가 종횡무진 스크린을 누빈 영화 〈에린 브로코비치〉. 실제로 있었던 이야기를 다룬 이 영화에서 에린은 용감한 것 하나로 최고의 성공을 거둡니다. 수질오염의 피해 주민 643명에게 3억

2천3백만 달러라는 큰 보상금을 타 내주는 소송에서 성공을 거둔 그
녀는 입을 크게 벌리며 이렇게 외칩니다. "오~ 예!"

무지한 이혼녀가 우리에게 이렇게 외칩니다.
"두려워하지 마라. 용감한 여성에게 복이 있나니!"

세상에 꼭 남자만 위대한 일을 해야 하나? 꼭 배우고 잘난 사람만 성공하나? 얌전하게 옷 입고 말투 고상한 사람만 존경 받아야 하나? 이런 선입견에 찬물을 끼얹는 영화였습니다. 그리고 이제 그만 됐다며 안주하려는 나태함에 얼음물을 확 끼얹는, 그래서 정신 바짝 차리게 하는 유쾌한 영화였습니다.

테레사 수녀는 이런 말을 했지요.
"세상에서 가장 끔찍한 가난은 자신이 쓸모없다고 느끼는 것이다."
테레사 수녀는 그렇게 가난의 척도를 물질적인 소유 정도로 보지 않았습니다. 가진 것이 없어도 행복한 사람이 많고, 가진 것이 많아도 불행한 사람이 많아요. 테레사 수녀는 가난의 척도를 자신이 세상에 필요한 존재인가 아닌가에 뒀습니다. 이 세상에서 가장 부자인 사람은 바로 자신의 밭을 가는 사람, 그러니까 열심히 자기 인생을 살아가는 사람입니다.

자신이 선택한 일, 자신이 사랑한 사람, 자신에게 주어진 삶을 위

해 뜨겁게 살아가는 사람은 당당합니다. 그라운드에 땀방울을 떨어뜨리며 달려가는 선수, 부지런히 장사하는 시장 아주머니, 가족을 위해 요리하는 주부, 와이셔츠를 걷어 부치고 일하는 회사원, 병상에 누운 환자를 돌보는 간호사, 미래의 꿈을 품은 사람……. 이들 모두 세상에 부러울 것 없는 부자며 강자입니다.

내가 쓰이는 곳이 어딘가에 있다. 내게 의지하는 사람이 누군가 있다. 내가 좋아하는 것이 세상에 존재한다. 슬픔을 함께해 줄 사람이 있다……. 그렇다면 됐습니다. 그것만으로 충분합니다.

동물보다 못한 존재라며 자책할 것 없어요. 누구나 호랑이처럼 힘이 세지도 않고 여우처럼 꾀가 많지도 못합니다. 새처럼 훨훨 날 수도 없어요. 게다가 사람은 그 어떤 동물보다 가장 늦게 성장합니다. 그러니 인간이 다른 동물보다 나을 것도 없지요. 그런데도 인간은 만물의 영장입니다. 왜냐하면 오늘은 불행해도 내일은 행복할 수 있으니까요. 오늘은 불가능해도 내일은 해낼 수 있으니까요. 그런 능력은 호랑이, 여우, 새에겐 없어요.

벼룩은 키의 수십 배나 되는 50센티미터를 뛰어넘는 점프력을 자랑합니다. 벼룩도 그런데 우리라고 못할까요? 생각하는 것 이상의 잠재력이 누구에게나 존재합니다. 다만 그것을 쓰느냐 포기하느냐, 선택의 차이가 있을 뿐입니다.

결국 믿을 사람은 나 자신. 인생을 비추는 등불은 내가 들고 다녀야 해요. 다른 사람이 그걸 비춰 주길 기대하다가는 상처만 받아요.
내가 나 자신의 주치의가 되어야 해요.

　고개 숙이지 말아요. 어깨 내릴 거 없어요.
　당신에게 있는 장점을 최대한 극대화해서 불러오기를 하세요. 감
성 9단, 낭만 9단, 낙관 9단, 청소 9단……. 잘하는 것을 모두 합하면
당신은 고단자, 인생의 고수 소리를 들어도 됩니다.
　하늘을 보세요. 어깨를 펴세요. 그리고 당당하게 걸어가세요.
　에린 브로코비치, 그 아줌마처럼 소리치면서.
　"오~ 예!"

위기는 기회의 다른 이름

시몬느 드 보봐르의 소설 『위기의 여자』

　　모든 이야기는 이렇게 시작됩니다.

어느 날이었다…….

사랑도 이렇게 시작되지요.

어느 날이었다…….

그런데 인생의 불청객인 불행도, 고난도 이렇게 다가옵니다.

어느 날이었다…….

그 어느 날 내게는 결코 없을 거라고 믿는 일이 다가옵니다. 절대 깨지지 않을 거라고 여겼던 인생 계약이 부도가 납니다. 전폭적인 신뢰로 기댔던 사람이 차갑게 등을 돌립니다. 사랑도 언젠가는 그 유통 기한을 넘겨 버립니다.

인생의 위기는 남의 일만이 아닙니다. 내게도 일어날 수 있는 일입니다. 생전 처음 다가온 위기일 수도 있고, 몇 번째 들이닥친 위기일 수도 있습니다. 인생의 재난은 친구에게도, 가족에게도, 나에게도 닥칠 수 있습니다.

그렇게 인생의 위기가 찾아왔을 때 어떻게 맞닥뜨려야 할까요? 어떤 철학자는 말했습니다.

"누구에게나 역경은 온다. 그러나 그 뒤에 그가 어떻게 했는가, 거기서 인생이 판가름 난다. 더 힘을 내서 나아갔는가, 그만 포기하고 말았는가."

결국 인생의 재난이 닥쳤을 때 문을 열고 뛰쳐나가야 하는 사람은 나 자신입니다. 누군가 그 문을 열어 나를 구해 주리라 생각한다면 그건 오산입니다.

시몬느 드 보봐르의 『위기의 여자』에서 주인공은 독백합니다.

내가 움직이지 않으면 그 문은 열리지 않을 것이다. 움직이지 않는다. 절대로.

나는 알고 있다, 내가 움직이리라는 것을. 그러면 문은 천천히 열릴 것이다.

사회참여 문학가로 다채로운 창작 활동을 한 시몬느 드 보봐르. 그녀는 장 폴 사르트르와 계약 결혼을 했으며, 여권 운동가로 유명합니다. 『위기의 여자』는 남편에게 다른 여자가 있다는 사실을 알게 된 중년 여인의 일기 형식으로 쓴 고뇌의 기록입니다.

두 아이를 잘 키우고 남편을 뒷바라지하며 부지런히 살아온 모니크. 가족에게 헌신하느라 직업도 갖지 않고 가족의 행복을 자신의 행복으로 알고 살아온 그녀는 어느 날 일기를 씁니다.

마침내 일어날 것이 일어나고 말았다. 내게 그 일이 일어난 것이다.

남편이 늦게까지 안 들어왔습니다. 새벽 3시가 넘어도 오지 않았습니다. 연구소에서 일하느라 늦는구나, 생각했습니다. 새벽에 들어온 남편에게 모니크가 물었습니다.
"왜 늦었어요?"
그런데 남편이 황당한 대답을 합니다.
"좋아하는 여자가 생겼소."
차라리 묻지 말았으면, 그 대답을 듣지 말았으면, 남편이 차라리 거짓말했으면 얼마나 좋았을까요. 모니크는 그 자리에 주저앉고 싶었습니다.
남편이 좋아한다는 그 여자는 야심에 찬 여변호사 노엘리. 그녀는 자유분방한 성격의 소유자며 사회적인 명성이 있는 여자였지요. 남편은 그녀를 사랑한다고, 자신의 길을 열정적으로 걸어온 그녀에게 반했다고 말했습니다. 남편의 고백에 모니크는 결혼한 후 22년의 세월이 와르르 무너져 내리는 것을 느꼈습니다.

남편은 모니크에게 당당히 요구했습니다. 노엘리에게도 그의 절반을 주고 싶다고, 아내와 보내는 시간만큼 그녀와 시간을 보내겠다고……. 남편은 아주 당당하게 그녀와 휴가를 보냈습니다. 집에서는 잘 웃지도 않던 남편이 그녀와 있으면 호탕하게 웃었습니다.

괴로운 모니크는 다른 남자를 만나는 것으로 탈출구를 삼아 보려고 했습니다. 그러나 그것조차 마음이 허락하지 않았습니다. 이미 8년 전부터 자기를 사랑하지 않았다는 남편의 이야기를 듣고 모니크는 절망에 빠져 일기를 씁니다.

나는 차 페달을 잃어버렸다. 밑으로, 계속 밑으로 굴러 떨어지고 있다.

내가 저지른 가장 중대한 잘못은 시간이 지나간다는 사실을 깨닫지 못했다는 점이다. 시간은 지나가는데 나는 이상적인 남편의 이상적인 아내 자리에 머물러 있었다.

딸들마저 그동안 희생한 모니크에게 말했습니다.
"엄마는 항상 너무 지나친 책임감을 갖고 있다니까요."
모니크는 자신에게 질문을 던집니다.
"도대체 나는 무슨 명분으로 꿈보다 헌신을 택한 것일까?"

소설은 모니크의 결심으로 결말을 맺습니다.

내가 움직이지 않으면 그 문은 열리지 않는다.

나는 지금 문지방에 서 있다. 미래의 문이 열리려 하고 있다.

남편이 달라지기를 바라는 일은 모니크를 더 힘들게 했습니다. 자식들이 엄마 심정을 알아주기를 바라는 일도 허망하기만 했습니다. 나 아닌 다른 사람이 변화하기를 바라는 일, 고통스럽고 외로운 일입니다. 결국 인생의 대답을 들려주는 이는 다른 이가 아니라 나 자신입니다. 내가 내 삶의 방향을 똑바로 봐야 합니다. 그리고 그곳으로 발을 옮겨야 합니다. 더는 미룰 필요가 없습니다.

"나는 이 거리에서 나 자신을 재생할 수 있을까? 내 안에 르네상스를 일으킬 수 있을까?"

영화 〈냉정과 열정 사이〉에 흐르던 독백입니다. 무너진 나를 스스로 일으켜 세우는 일, 폐지처럼 구겨진 내 삶을 나 스스로 맑게 펴는 일, 이제는 다해 버린 사랑에 다시 한 번 불꽃을 피우는 일, 그렇게 나 자신을 재생하는 일, 내 안에서 나 스스로 르네상스 시대를 열어 보는 일. 그것에는 마인드 컨트롤이 필요합니다. 생각이 우울하면 내 인생 자체가 실패로 보입니다. 그러나 기분을 추스르면 한없는 가능성이 열립니다.

인생의 르네상스 시대, 일으킬 수 있겠지요. 단, 스스로 움직이지 않으면 그 문은 열리지 않아요.

위기는 또 다른 기회입니다.

절망하지 않는다면, 확신을 갖는다면, 당당하게 두드린다면, 지금 시도한다면, 당신 앞에 굳게 닫혔던 그 문은 열립니다. 마법처럼.

일각수의 뿔을 제거하라

테네시 윌리엄스의 희곡 〈유리 동물원〉

저 사람은 전생에 나라를 구했나, 부러운 사람이 있습니다. 다 가진 것처럼 보이는 사람이 있습니다.

그러나 당신이 부러워하는 그 사람은 정작 불행합니다. 그 사람 역시 다른 사람을 보면서 신에게 푸념합니다.

"다른 사람에게는 다 주시면서 제게는 왜 아무것도 안 주시나요?"

들여다보면 우리는 모두 그렇게 마음에 폐허를 지니고 삽니다. 그 폐허에 바람이 붑니다. 그 공터에 휴지가 날아다닙니다. 그 폐허의 이름은 열등감. 자신을 믿지 못합니다. 사랑해야 할 것은 멀어져 갑니다. 사랑 받는 느낌도 허망합니다. 어깨가 낮아집니다. 머리가 땅으로 숙어집니다.

그동안 뭐하고 살았나……. 자신에 대한 모멸감으로 몸과 마음이 지치고 아플 때, 깊은 밤에 깨어나 문득 혼자임을 느낄 때, 아무도 나를 이해하지 못하고 그 누구도 내 말을 진심으로 들어주는 이가 없다고 느낄 때, 내가 도달해야 할 목표는 아직 멀고 능력은 모자란다고 느낄 때, 다른 사람의 행동이 이기적이라고 느낄 때, 사랑하는 이와 멀리 있다고 느낄 때……. 그럴 때 나를 위로할 사람을 찾다가는 더 외로워질 뿐입니다. 나를 이해하기를 바라다가는 더 슬퍼질 뿐입니다. 내 곁에 있어 줄 사람을 기대하다가는 더 허망해질 뿐입니다.

열등감의 뿔은 자신의 영혼을 찌르는 아픈 일각수라고 말해 주는 희곡이 있지요. 1945년 뉴욕 비평가상을 받은 테네시 윌리엄스의 〈유리 동물원〉입니다. 이 작품은 1920년대 세인트루이스의 싸구려 아파트를 무대로 하고 있습니다.

뒷골목 아파트에 세 식구가 살고 있습니다. 내성적이고 다리가 불편한 아가씨 로라, 구두 공장에서 일하며 시를 쓰고 선원생활을 꿈꾸는 동생 톰, 그리고 과거의 화려했던 꿈에 사로잡혀 사는 어머니 아만다. 아버지는 16년 전에 집을 나간 채 소식이 없습니다.

로라는 열등감을 가지고 있습니다. 어릴 때 큰 병을 앓고 난 뒤 다리를 절름거리게 되었는데, 그 때문에 로라는 현실 세계와 담을 쌓고 살아갑니다. 그녀는 집에 틀어박혀 낡은 축음기를 틀고 유리로 동물을 만들며 지내는데, 유리로 만든 동물을 살아 있는 생물처럼 사랑하며 온 정성을 쏟습니다. 어머니는 그런 딸을 걱정하며 어서 남편감을 찾아 주고 싶습니다. 그래서 톰에게 로라의 남편감을 빨리 찾으라고

당부합니다. 톰은 어머니의 재촉에 못 이겨 동료인 짐을 저녁 식사에 초대합니다. 어머니는 들떠서 집안을 장식하고 로라를 예쁘게 단장하느라 바쁩니다.

집에 들어서는 짐을 보고 로라는 깜짝 놀랍니다. 학교 다닐 때 이미 알던 사람이었으니까요. 짐은 로라가 폐렴(플루로시스)에 걸려 학교에 못 나왔다고 말한 것을 잘못 알아듣고 '블루 로즈'라고 불렀습니다. "안녕, 푸른 장미!"라고. 그것이 로라의 인생에 유일한 추억입니다.

로라와 짐은 둘이서 촛불을 켜 두고 거실에 앉습니다. 짐이 로라에게 말합니다.

"내가 로라의 괴로움이 뭔지 말해 볼까? 그건 일종의 열등감이야. 열등감이 뭔지 알아? 자기 자신을 업신여기는 거야."

그러면서 짐은 말합니다.

"어떤 사람은 로라의 장점을 10분의 1도 갖고 있지 않아. 모든 사람이 한 가지 면에서는 다른 사람보다 뛰어난 거야. 그들은 수천 수만 명이지만 로라는 단 한 사람뿐인걸. 그들은 잡초처럼 흔하지만 로라는 푸른 장미처럼 소중해."

짐은 로라에게 "당신은 오직 하나밖에 없는 푸른 장미처럼 귀한 존재"라며 열등감에 싸여 지내는 그녀를 안타까워합니다.

두 사람은 음악에 맞춰 춤을 춥니다. 그렇게 춤을 추다가 짐이 실수로 로라의 유리 동물원에 부딪혀 유니콘의 뿔을 깨트립니다. 그런

 김에 짐은 로라에게 말합니다. 밀폐된 자신을 깨트리라고. 그리고 로라에게 입을 맞추며 말합니다.

"누구든 너에게 키스하는 사람이 있어야 해."

그러나 안타깝게도 짐에게는 약혼녀가 있었습니다. 짐이 떠나 버린 후 "누나, 누나의 촛불을 꺼요."라고 톰이 말합니다. 로라는 촛불을 불어 끕니다.

어쩌면 짐은 로라에게 신이 잠시 보낸 사자使者가 아니었을까요? 열등감의 뿔을 제거하라는 명령을 받고 잠시 그녀를 방문한 천사는 아니었을까요?

"모든 사람은 남들에게 인정 받고, 환영 받고 싶어 한다. 그러면서도 남들에게 사랑 받지 못하는 이유는 자기 자신의 참모습을 인정하지 못하기 때문이다."

영화 〈스위트 알라바마〉에서 여주인공이 했던 대사입니다.

우리는 누구나 남들이 나를 사랑하고 인정하기를 바랍니다. 나를 보고 싶어 했으면 좋겠다 생각하고 내가 가면 반갑게 맞아 줬으면 좋겠다 생각합니다. 그러면서도 정작 나는 나를 믿지 못합니다. 내가 나를 사랑하지 못하는데 어떻게 타인이 나를 사랑할 수 있겠어요?

주변 사람들이 일 중독증 환자라고 부르는 친구가 있습니다. 일밖에 모르고 살아온 그 친구는 그런 만큼 승진이 빨랐습니다. 그런데 얼마 전에 그 친구 소식을 들었습니다. 타의에 의해 회사에서 나갔다는 것입니다. 실의에 빠지지 않았을까 걱정했습니다. 그러나 그 친구를 만났을 때 그 걱정은 사라졌습니다. 친구는 말했습니다.

"난 이제 '회사 인간'에서 '사회 인간'으로 전환되었어. 그래서 요즘은 한결 마음이 편해. 다시 취직하면 못 쉴 테니까 그때까지 푹 쉴 생각이야."

그는 정말 쉬는 동안 충전을 아주 잘하고 있는 듯 보였습니다. 어떤 상황이든 밝게 보는 그 시각이 좋아 보였고 그래서 그 친구가 자랑스러웠습니다. 그 친구는 결코 열등감 따위에 마음의 구석 자리를 내주는 일은 하지 않을 듯 보였습니다.

그 어떤 상황이든 열등감에 젖기보다는 자신감을 가지는 것, 쉬운 일은 아니겠지요. 그러나 열등감에 빠질수록 인생은 늪에 빠지고 말아요. 내 인생의 늪은 내가 만듭니다. 내 인생의 감옥도 내가 만듭니다. 늪에 빠지지 않는 방법도, 감옥의 열쇠도, 결국 타인이 아닌 내가 쥐고 있습니다.

누가 조금만 건드려도 쉽게 부서지는 유리로 만든 동물과 같은 존재인 우리. 일각수처럼 열등감의 뿔을 간직하고 살아가는 우리에게 로라가 말합니다. 일각수의 뿔을 제거하라고. 열등감의 뿔을 제거하면 훨씬 더 빨리 뛰어갈 수 있다고. 더 가볍게 날아오를 수 있다고.

갈망이 깊어지면 떠나라

풍경 〈순천 조계산〉

딱 하루만 살 수 있는 하루살이. 그런데 그날 폭풍이 불어닥친다면? 종일 비만 내린다면? 비 오는 날의 하루살이는 일생 비를 맞고 살다가 비를 맞으며 죽습니다. 눈 오는 날의 하루살이는 일생 눈을 맞고 살다가 눈을 맞으며 죽습니다. 비 오는 날의 하루살이는 인생을 온통 비 오는 날로 기억하겠지요. 눈 오는 날의 하루살이는 삶을 온통 눈 오는 날로 떠올리겠지요.

하루살이와 달리 우리는 일생에서 많은 날씨를 경험합니다. 비도 오고 눈도 오고 바람도 불고 맑은 날도 있고……. 그런데 내 삶에 부는 바람이 유난스럽다고 느낄 때가 있지요. 다른 이의 삶은 햇살이 가득한데 내 삶은 왜 이리 흐리고 비만 오는 것일까 슬퍼질 때가 있습니다. 그래서 햇살을 갈망하게 됩니다.

햇살을 경험했으니 햇살이 더 탐이 납니다. 이제 그만 비바람은 거

두고 햇살 비치는 날들만 이어지기를 갈망합니다. 그 갈망이 깊어질
때쯤 스멀스멀 불행이 영혼을 잠식해 갑니다.

마음의 갈망은 곧 욕심입니다. 욕심은 나를 갉아먹습니다. 그럴 때면 비 오는 날의 연잎을 떠올려 봅니다. 비가 오면 연잎은 빗방울을 연잎에 채웠다가 자신이 감당하지 못할 양이 되면 비워 내지요. 절대 무리하게 빗방울을 담지 않습니다. 가득 차면 비워 내고, 또 가득 차면 비워 냅니다.

약을 먹으려면 물이 너무 뜨거워도 차가워도 안 됩니다. 목욕물도 그렇지요. 물 온도가 적당해야 합니다. 인생도 그래요. 그저 적당히, 알맞게 적당한 것이 가장 좋아요. 그런데 그 '적당히'가 쉽지 않습니다. 어쩌면 살아가면서 가장 힘든 일이 '적당히 사는 일'입니다. 적당히 살 줄 아는 사람은 일류 철학자입니다.

갈망은 갖고 있는 꿈에 목말라 하는 것이지요. 마음 안에 그리운 이를 채우고 자물쇠를 걸고 싶은 마음, 그것이 갈망입니다. 꼭 이루고 싶은 목표가 너무 멀어서 잠이 들어서도 사다리를 타고 오르는 꿈을 꾸는 것, 그것이 갈망입니다. 갈망은 언제나 사막을 걷는 것처럼 쓸쓸하고 고독합니다.

지금 어떤 갈망의 사막을 걷고 있는지…… 그리운 사람은 어디쯤에 있는지…… 그 꿈은 어디쯤 걸려 있는지…….

갈망으로 목마른 어느 날이면 목적 없이 떠나는 여행을 꿈꿉니다.

머리는 두 가지 일을 하지요. 많은 자료를 기억하는 일, 그리고 새로운 것을 생각해 내는 일. 그중에서 자료를 기억하는 일은 학교에서 배웁니다. 그러나 새로운 것을 생각해 내는 것은 자연에서 배웁니다. 자연에서 갈망을 다루는 법을 배우기 위해 배낭을 꾸립니다.

갈망으로 목이 타고 자꾸만 심장이 조아려질 때 산은 이리 와 쉬라고 손짓합니다. 정상의 기분을 느껴 보라고 산은 거기에 있습니다. 천천히 조심해서 내려가라고 산은 거기에 있습니다. 정상에 올라가는 것보다 지상으로 내려가는 것이 더 힘들다는 것을 깨달으라고 산은 거기에 있습니다. 정상에 오르면 곧 다시 내려가야 하니 정상에 있다고 야호 야호 소리칠 일도 없고, 바닥에 있다고 어깨가 처질 일도 없다는 것을 알려 주기 위해 산은 거기에 있습니다. 나무와 바람을 느껴 보라고, 발자국을 디뎌 보라고 산은 거기에 존재합니다. 산허리에는 안개가 드리웁니다. 산머리에는 구름이 드리웁니다. 산에는 안개와 구름과 바람이 삽니다. 인생을 가르치는 스승들입니다.

그중에서도 남도의 조계산은 봄이 되면 꽃향기에 어질병이 나는 곳입니다.

순천의 조계산. 명산에는 이름난 사찰이 들어앉게 마련이어서 선암사와 송광사가 있습니다. 조계산은 해양성 기후 탓인지 봄이 참 일찍 찾아옵니다.

선암사 경내를 빠져나와서 왼쪽 작은 길을 따라 10여 분 정도 오

르면 넓은 밭이 나타나는데, 이곳에 조계산 산행이 본격적으로 시작
되는 대각암이 있습니다. 암자 왼쪽 조리대 숲 사이로 등산로가 보
입니다. 이때부터 산행이 끝날 때까지 시야를 가득 채우는 숲을 헤쳐
가게 됩니다. 뚜렷하게 난 등산로를 따라 30분쯤 오르면 쟁반을 비스
듬히 엎어 놓은 듯한 넓은 터에 조그마한 샘이 있습니다. 다시 산등
성이를 따라 45분 정도 오르면 조계산 정상에 서게 됩니다.

정상에서 남해를 바라보는 느낌을 어떻게 설명할 수 있을까요? 그
저 "아!" 하고 탄식만 터집니다. 아름다움을 말하는 최고의 명대사는
그저 감탄사 하나면 족하다는 것을 또 한번 배웁니다. "아!", "아!", 한
숨처럼 탄식이 터지며 발아래 산자락을 내려다봅니다. 어느새 마음
에 시린 바람이 흘러들어 옵니다.

부드러운 산자락에 꽃잎이 마구 휘날리는 산, 마음씨 좋은 청년의
건장한 실루엣처럼 여유 있고 당당해서 마음 놓고 어리광을 부릴 수
있는 산, 그 산 어깨에 기대어 걷다 보면 산사에서 찻잎을 따는 동자
승을 볼 수도 있지 않을까요? 향기로운 차에 마음 한 자락을 적셔 볼
수도 있지 않을까요? 그러고 나면 갈망으로 목말랐던 마음이 해갈됩
니다. 무거워 등이 휠 것 같은 삶이 한결 가벼워집니다.

산을 내려올 때쯤 깨닫는 사실 하나. 소유하려 들면 한없이 외로워
지고 버리려고 하면 채워지는 것이 인생이라는 것.
사랑도 지나치면 집착입니다. 소망도 지나치면 욕망입니다. 갈망

이 탐욕이 되는 것은 시간 문제입니다. 차면 넘칩니다. 그러므로 수시로 비워야 합니다.

모든 것에는 산성과 알칼리성이 존재하지요. 인간의 정신에도 산성과 알칼리성이 존재합니다. 현실적이고 공격적인 정신이 산성이라면, 사랑과 정감이 있는 정신은 알칼리성입니다.

여행은 산성의 정신을 알칼리성으로 바꾸는 데 그만입니다. 현실의 비정함보다는 정서와 감성의 힘이 막강해지는 알칼리성의 시간이 우리에게는 필요합니다. 그러니 가끔은 계획에도 없던 배낭을 꾸려도 좋겠지요. 아니, 배낭조차 없이 그냥 빈 몸으로 훌쩍 떠나는 여행도 꿈꿔 볼 만합니다.

내 생의

하이라이트는

지금 이 순간

자유보다 달콤한 구속

조르주 비제의 오페라 〈카르멘〉

그녀의 귀밑에서 딸랑거리는 귀고리, 그 남자의 가슴에서 나풀거리는 넥타이, 길 위에서 펄럭거리는 깃발, 아이의 손에서 팔랑거리는 풍선, 바람을 거슬러 돌아가는 바람개비…….

흔들리는 것, 펄럭이는 것, 나풀거리는 것…… 왜 우리는 그런 걸 좋아하는 걸까요?

바람에 떠도는 것, 땅이 아닌 허공에서 흔들리며 떠 있는 것, 우리가 그런 것을 동경하는 이유는 한마디로 답할 수 있을 겁니다. 자유.

유머에도 나오지요. 여자가 가장 원하는 것은 돈도, 명예도, 보석도 아닌 오직 하나, '내 멋대로 하는 것'.

결국 여자가 가장 원하는 것은 자유입니다. 아니, 여자만이 아니라 인간은 누구나 자유를 원합니다. 구속되는 것을 싫어하고 얽매이는 것을 싫어합니다. 이런 인간의 본성 때문에 규칙을 만들어 마음을

"하고 싶은 대로 하면서 살고 싶다."

"그 어떤 눈치도 안 보고 내 멋대로 살고 싶다."

누구에게나 희망사항이지만 인생에서 내가 결정하고 내가 선택한 게 몇 가지나 될까요? 어릴 때는 부모님이 정해 준 학교에 다니고, 커서는 사회 흐름에 따라 직업을 택하고, 결혼하고…… 아이를 낳아 기르는 일에도 주위 환경이 많이 작용했습니다. 그렇게 살다가 어느 날 거울을 보니 주름진 중년의 내가 거기에 있습니다. 문득 억울해집니다. 이러다간 내 멋대로 한번 살아 보지도 못하고 늙어 버리겠다, 마음이 조급해집니다.

이제부터는 내가 하고 싶은 대로 하면서 살 거야. 희생? 그런 거 꿈도 꾸지 마. 인내? 어디다 쓰는 건데? 큰소리치며 자유롭게 살고 싶지만 그게 결코 가능하지 않다는 것을 압니다.

그런데 오페라 〈카르멘〉에서는 그런 여자가 등장합니다. 마음 내키는 대로 살고, 마음 내키는 대로 상대를 바꾸는 여자. 자유분방한 여자, 카르멘. 그녀는 '그놈의 정 때문에 참고 사는' 일 따위는 없습니다. "영원히 사랑한다."는 헛된 맹세 따위는 입에 담지도 않습니다. 자기가 좋으면 어떡하든 유혹해서 뜨겁게 사랑하고, 싫어지면 매몰차게 돌아서 버립니다.

오페라가 시작되면 스페인 세비아라는 마을이 무대에 펼쳐집니다. 위병소의 군인들 속에서 주인공 돈 호세가 얘기를 나누고 있습니다. 그때 담배 공장에서 여공들이 나오는데 그중에 카르멘이 섞여 있습니다. 흑장미처럼 도발적인 그녀에게 군인들의 시선이 꽂힙니다. 그런 남자들을 보면서 카르멘은 〈하바네라〉를 노래합니다.

사랑은 들새와 같아서 길들여지지 않아요.

카르멘은 여공을 폭행한 죄로 군인에게 잡힙니다. 그녀의 호송을 맡은 돈 호세는 유혹에 넘어가 그녀의 탈출을 도와줍니다. 그 일로 2개월 동안 감옥에 갇힌 돈 호세에게 카르멘은 말하지요.
"당신에게 빚을 졌으니 빚을 갚을래요. 그게 보헤미아 법이에요!"
그렇게 사랑하게 된 두 사람. 하지만 사랑의 방향은 너무나 달랐지요. 돈 호세는 오직 한 방향, 카르멘을 향한 사랑을 시작했습니다.

내 마음 바라는 것은 오직 그대뿐.
난 그대에게 모두 바치리. 그대를 사랑하오.

그러나 카르멘의 사랑은 자유로운 바람 같은 것이었지요.
"이제 빚을 갚았으니 우리 사이는 끝났어요."
이렇게 말하고 헤어지면서 카르멘은 애매한 말을 남깁니다.
"아무래도 당신에게 좀 반했나 봐요."

이들 인연의 끈은 끊어지지 않고 계속 이어집니다. 돈 호세는 한 여자를 사랑한 죄로 살인자, 밀수업자가 되어 버립니다. 그런데 카르멘의 마음은 또 다른 남자에게 옮겨 갑니다. 투우사를 사랑하게 된 거지요.

화려한 옷차림의 카르멘이 남자의 팔짱을 끼고 군중의 환호를 받으며 투우장으로 들어섭니다. 그곳으로 흥분한 호세가 들어섭니다. 카르멘과 둘이 마주 서게 된 호세는 그녀에게 묻지요. 저 남자를 사랑하느냐고. 카르멘은 이제 당신과는 끝장이라고 소리치며 호세가 자기에게 주었던 반지를 빼냅니다. 그리고 호세의 발밑에 던져 버리지요. 목숨을 바쳐 그녀를 사랑했는데……. 돈 호세는 사랑을 구걸합니다. 그러나 카르멘은 그의 협박과 애원에도 거침없이 말합니다.

"앞으로도 당신을 사랑하라고요? 그건 말도 안 되는 소리예요. 당신과 함께 사는 건 딱 질색이에요."

돈 호세는 치밀어 오르는 슬픔과 분노로 카르멘을 죽이고 맙니다. 그리고 죽은 카르멘을 부여안고 절규합니다.

"오, 카르멘. 내 사랑!"

돈 호세는 그녀의 시신 앞에서 스스로 목숨을 끊어 버립니다.

사랑에 눈 먼 남자, 사랑 따위 감정보다 자유가 중요했던 여자. 그들 사이에는 계약서가 없어도 갑을 관계가 존재했습니다. "너만 사랑해." 하는 남자와 "나만 사랑해." 하는 여자의 욕망은 충돌했고, 그들의 사랑은 파멸에 이르렀습니다. 사랑의 잔인한 갑을 관계는 그렇게 끝이 났습니다.

카르멘이 추구한 것은 사랑이 아니었습니다. 오로지 자유였지요. 내가 먼저 그를 사랑하고 내가 먼저 그를 버립니다. 상대방의 마음에는 관심이 없습니다.

타인의 사랑마저 내 자유를 위해 이용한다는 것은 정신의 착취 행위입니다. 책임도 없고 타인에 대한 예의도 없이 자신의 욕망만을 좇던 자유는 결국 파멸을 가져왔습니다.

자유에는 책임이 포함됩니다. 자유의 대가는 꼭 주어집니다. 어쩌면 자유는 구속보다 더 무거운 것인지도 모릅니다.

잔인한 사랑의 갑을 관계는 이제 노 땡큐. 너무 가까이 다가서서 서로 상처 내는 고슴도치 사랑은, 뜨거운 줄도 모르고 뛰어드는 불나방 같은 사랑은 이제 부담스럽습니다. 어느 정도 거리를 둔 사랑, 감기약 먹을 때의 물 온도를 지닌 그저 따뜻한 사랑 쪽에 손을 들어주고 싶습니다. 그저 어깨를 툭툭 두드려 줄 수 있는 영혼의 교류자, 소울메이트가 그립습니다.

진정으로 사랑하는 사람 사이에는 원거리 원격 조정이 자주 일어나지요. 감정의 리모컨을 쥐고 있어서 서로 마음을 조정하고 있다는 느낌은 달콤합니다.

내 존재가 상대방에게 힘의 원천이 되고 기쁨의 근원이 되어 주었으면 좋겠다는 생각, 내 사랑이 상대방에게 성공의 비결이 되고 행복의 비법이 되어 주었으면 좋겠다는 생각, 그것이 사랑하는 사람의 꿈입니다.

사랑은 자유보다 달콤한 구속입니다. 자유의 반대말은 구속이 아닙니다. 사랑입니다.

후배는 두 번째 이혼을 하고 나서 또 다른 짝을 만나고 있었습니다. 그런데 그녀는 불안해 했습니다. 지금 만나는 그 남자도 신뢰할 수 없다고 했습니다. 마치 바다 위에 둥둥 뜬 부초처럼 그녀는 불안해 보였습니다.

열 번 넘게 직장을 옮긴 제자가 있습니다. 그녀는 지금의 일터에서도 언제 쫓겨날지 모르니 상사에게 잘 보여야 한다며 불안해 했습니다.

풍란이라는 난초가 있습니다. 풍란은 꽃씨나 포기가 바람에 날아다니다가 나무줄기나 바위에 뿌리를 내리면 그곳에서 꽃을 피우고 살아가지요. 그 꽃씨는 바람 속을 날아다니며 자신이 뿌리 내릴 곳을 찾습니다.

어쩌면 우리도 풍란과 같은 존재가 아닐까요? 허공을 돌며 꽃을 피울 공간을 찾아 헤매는 존재가 아닐까요?

내 발이 허공에 둥둥 뜬 기분일 때가 있습니다. 내릴 곳을 못 찾는 꽃씨처럼……. 그래서 종종 꿈을 꿉니다. 바람 부는 공간 속을 시린 맨발로 둥둥 떠다니는 꿈을.

바닥에 안전하게 착지하지도 못하고, 날기도 두려운 나. 아직 이렇게 삶의 변방을 헤매는 내게 에리카 종이 다가왔습니다.

뉴욕 태생의 소설가이자 시인인 에리카 종이 서른하나에 쓴 『날기가 두렵다』. 이 작품은 22개 국어로 번역됐고 1,500만 부라는 경이적인 판매 부수를 기록하면서 세계적 베스트셀러가 되었습니다. 이 작품을 읽은 헨리 밀러는 '에리카 종의 팬 또는 신도'라고 자처하면서 말했습니다.

"100퍼센트 여자인 작가가 쓴, 여성이 여성의 목소리를 발견하려고 쓴 작품이다."

여주인공 이사도라 화이트 윙은 작가 자신이기도 했습니다. 그 당시 메리 울스턴크래프트와 버지니아 울프 같은 여성 작가를 모델로 삼았다는 설도 있습니다.

이사도라는 자의식이 강한 여성이지만 허점투성이입니다. 소위 '헛똑똑이'라고 불리는 부류입니다. 그래서 더 동류의식을 느끼게 됩

니다. 그녀의 갈등과 방황은 내 이야기, 그녀의 이야기, 당신의 이야
기입니다.

　이사도라는 빈으로 떠나는 비행기 안에 앉아 있습니다. 빈에서 열리는 정신분석학대회에 초청을 받은 남편과 정신분석학자 117명과 함께였지요. 이사도라는 잡지사의 요청으로 그 대회를 취재하기로 되어 있습니다. 비행기가 창공을 나는 순간, 이사도라는 땅 위에서 지루하게 생활했던 자신을 돌아봅니다. 그리고 자유에 대한 갈망을 느낍니다.

　그곳에서 이사도라는 남편이 아닌 다른 남자와 사랑에 빠집니다. 영국인 정신분석학자 아드리안이 그 상대였지요. 이사도라는 이렇게 독백합니다.

　"아드리안은 꿈이었고, 남편 베네트는 내 현실이었다. 만일 현실을 잃는다면 나는 내 이름조차 기억할 수 없으리라."

　남편이 아닌 다른 남자와 사랑에 빠져 있으면서 이사도라는 '위험한 황홀'과 '편안한 현실' 사이에서 모순을 느낍니다. 그러고는 스스로 이런 문답을 주고받아요.

　"당신은 모순을 추구하고 있어."
　"알고 있어."
　"자유를 원하면서도 밀착을 원하고 있군."

COURAGE

"알아."

"그런 것은 찾아낼 수 없을 거야."

"알고 있다고!"

이사도라는 해방과 구속을 동시에 원합니다.

날아다니는 자유, 그 쾌감!

얽매이는 구속, 그 안정감!

그녀는 그렇게 동시에 두 가지를 추구하는 분열된 욕망을 지닙니다.

겉으로 보기에는 너무나 잘 나가는 자의식 강한 그녀. 그러나 그녀는 사실 이리저리 흔들리는 풍란과 같은 존재였습니다. 이게 좋을까 저게 좋을까, 이건 이래서 좋고 저건 저래서 좋고……. 마음의 가닥을 정리하지 못한 채 이리저리 방황하는 인생의 허당인 그녀에게 과연 누가 돌을 던질 수 있을까요?

아무리 잘난 척해 봐도, 강한 척해 봐도, 똑똑한 척해 봐도 인생은 모를 것투성이. 그 어디에도 착지하지 못한 채, 그렇다고 하늘을 훨훨 날지도 못한 채, 맨발을 허공에 두고 떠다니는 사람. 그래서 두 발이 시린 사람이 바로 우리입니다.

이사도라는 결국 이런 결론을 내리지요.

나를 완성하는 남자? 그것은 분명히 망상이다.

우리를 완성하는 다른 인간은 없다.
우리는 자기 자신을 완성한다.

자신의 행복은 타인이 줄 수 없다는 것을, 그녀는 호된 수업료를 치른 후에야 깨달았습니다. 타인에게 내 삶을 기대려 하다가는 오히려 상처만 받는다는 것을 그녀는 깨달았습니다.

사랑하는 사람을 통해 날아 보고 싶은 꿈, 그것은 가짜였습니다. 다른 사람 때문에 날아오르려는 꿈은, 태양 가까이 다가가면 녹아 버리는 이카루스의 날개일 뿐이었습니다. 타인에게 내 인생을 맡기고 행복을 찾으려고 했던 것은 꿈이 아니라 환상이었습니다. 그 환상의 추락을 경험한 이사도라가 허망해진 눈길로 전해 줍니다. 진짜 날개는 다른 사람이 달아 주지 않는다고. 오직 내가 나 자신에게 달아 줄 수 있다고.

그러니 타인의 보폭에 걸음을 맞추지 말기. 나에게 맞는 보폭으로 나에게 맞는 길을 걸어가기. 내 인생을 타인에게 묻지 말기. 내 안에 고수가 살고 있으니 나에게 맞는 목표를 정하기. 타인에게 내 꿈을 기대지 말기. 나 스스로 꿈을 세우고 그 꿈을 향해 가기. 뛰지 말고 날려고도 하지 말기. 그저 꿋꿋이, 당당하게 걸어가기.

산책의 즐거움

마당이 있는 집을 꿈꿉니다.

잘 다듬고 가꾼 정원이 있는 집. 그러나 시멘트 담장을 높이 쌓아서 아무도 들여다보지 못하는 집이 아닙니다. 담장이 낮아서 누구나 지나가다가 들여다볼 수 있는 집, 분꽃이 피어나고 과일나무에 싹이 트는 것을 누구나 볼 수 있는 집, 마당은 투박하고 소박하지만 꽃과 나무는 풍성하게 자라는, 그런 집을 꿈꿉니다.

예전에 마당은 가족이 모이는 소통의 장소였지요. 코스모스도 피고, 키가 껑충 큰 해바라기도 서 있고, 닭이 병아리를 몰고 뛰어다니다가 한 바퀴 허공에 공중묘기 부리는 것도 보이는 마당, 그런 마당에 모여 있으면 식구 얼굴에 평화가 어렸습니다. 다퉈도 곧 화해가 되고, 욕심 없이 내 것을 내어 줄 수 있었습니다.

그러나 요즘은 그런 마당이 있는 집이 드물지요. 마당 있는 집을 꿈꾸면서도 결국 편리함이나 여러 가지 이유 때문에 아파트를 택하게 됩니다.

흙과 가까운 데서 나무 냄새 맡으며 살고 싶지만, 지금 나는 아파트의 고층에 살고 있습니다. 하늘이 가까워서 좋기는 합니다. 그러나 종일 집 안에 틀어박혀 글을 쓰는 날에는 뭔가 공중에 붕 뜬 느낌입니다. 두 발로 흙을 밟는 촉감이 그립습니다. 흙냄새가 그립습니다. 그래서 적어도 하루에 한 번은 지상으로 내려갑니다. 그리고 여기저기 흙을 밟고 걸어 다닙니다.

맑거나 바람이 불거나 비가 오거나…… 날씨가 무슨 상관이겠어요. 우리가 맞이하는 모든 날은 걷기에 아주 좋은 날입니다. 꼭 맑은 날이 좋은 날은 아닙니다. 비를 좋아하면 비 오는 날이 좋은 날이고, 구름을 좋아하면 구름 낀 날이 좋은 날입니다.

산책할 때의 공기는 차를 타고 있을 때와는 또 다릅니다.

세계의 모든 지성은 걷는 것을 즐겼다고 하지요. 차를 타고 가야 하는 거리도 그냥 걸어서 가는 걸 좋아했다고 합니다. 걸으면서 그들의 감성이 깊어졌고, 사상의 폭도 넓어졌다고 합니다.

산책하면 자연이 전하는 메시지를 듣게 됩니다. 그런데 더 많은 말을 듣고 싶어집니다. 그래서 이 책을 손에 들어 힌트를 구했습니다.

1845년, 월든 호숫가에 오두막집을 짓고 자연 속에서 살았던 헨리

데이비드 소로. 그는 통나무를 직접 베어 집을 짓고 밭을 일구고 물고기를 잡으면서 2년 이상을 호숫가 숲 속에서 살았습니다. 그리고 당시에 썼던 일기를 모아 책으로 냈습니다. 바로 그『지평선을 향해 걷다』는 흙 내음, 나무 내음, 바람 내음이 나는 책입니다.

1861년 여름, 소로는 "나는 잘 걷는다."로 시작되는 일기를 씁니다.

10킬로미터건 15킬로미터건 20킬로미터건
거리가 얼마가 되었든 나는 잘 걷는다.
내 집 문에서부터 시작해 어떤 집도 거치지 않고,
여우와 밍크가 건너는 통로를 빼고는 어떤 길도 건너지 않고
나는 잘 걸을 수 있다.
처음에는 강을 따라서 걷고 그 다음에는 시냇물을 따라서,
또 그 다음에는 초원과 숲 가장자리를 따라서 걷는다.

그러면서 소로는 산책 방법에 대해 씁니다.

시인과 자연주의자는 서로 비슷한 부류다.
그러나 시인이 훨씬 더 먼 곳을 볼 줄 안다.
아무리 들판에 나와 있다 해도
안으로 향하는 문은 닫혀 있고, 바깥으로 향하는 문만 열려 있다면
무엇하겠는가!

탐사와 의문은 접어 두고 완전히 자유로운 상태에서 걸어야 한다.
사물을 본다는 것에 매달리지 말자.
하루를 완전히 던져 마음을 열어 보라.
단 한 번이라도 대기를 제대로 들이마셔 보라.

소로는 그렇게 눈으로 보는 자연보다 마음으로 깊이 느끼는 자연을 강조합니다. 그리고 감탄사를 터뜨립니다.

어떤 그림도 강의 풍경보다 더 멋지지 않으리!
이 푸른 강을 보라.
하늘과 구별할 수 없을 만큼 엷은 색을 띤 푸른 강은
바람이 미는 대로 남쪽이나 상류 쪽으로 어린 숲을 끼고 흘러든다.
그 너머로는 이리저리 흔들리는 풀잎이 만들어 내는
다채로운 명암의 좁다란 초원이 있다.

소로는 "늪에서 나는 모기 소리가 현대 문명의 기계 소리를 잠재운다."고 노래했습니다. 그러나 인간의 소유욕 때문에 황폐해지는 대지를 보며 안타까워했지요.

자기 소유지임을 표시하느라 사람들이 열심히 땅을 가르고
말뚝을 박는 모양이라니.
여기 창문에서 바라보면 참으로 재미있다.

여기저기 가리지 않고 땅 위 모든 곳에 둘러쳐 놓은 이 보잘것없는
울타리를 본다면 신도 비웃을 것이다.

소로는 그래도 하늘은 인간의 발길이 닿지 않으니 다행이라고 자
조 섞인 위로를 건넸습니다.

인간이 아직 날 수 없다는 것은 천만다행이다.
덕분에 하늘은 땅처럼 황폐화되지 않았으니!
당분간 하늘만큼은 무사히 남아 있을 테니.

그는 또 어머니와 함께했던 추억을 회고합니다.

어머니는 우리가 시골에서 살던 어릴 적 이야기를 들려주셨다.
여름밤이면 들리던 소리, 소 울음소리, 거위가 꽥꽥거리는 소리,
멀리서 들리던 북소리, 누군가 수레를 끌며 불던 휘파람 소리…….
집 안 사람은 그때 모두 잠들어 있었고,
온 세상에 들리는 소리라고는 등 뒤 집 안에서 나는 시계 소리밖에 없
었다.

오랜 시간을 혼자서 시골집에 앉아 있어 본 적 있으신가요? 그럴
때면 느낄 수 있을 겁니다. 파리가 한가로이 마당을 나는 소리가 얼
마나 크게 들리는가를…… 멀리 시냇물 소리가 얼마나 크게 들리며

먼 숲 속의 바람이 얼마나 가까이 들리는지를……
　밤이면 별의 소리가 들리고 달빛의 숨소리까지 들리는 한적한 곳. 그런 곳에서 자연주의자처럼, 시인처럼 마음을 열고 오래오래 걷고 싶어집니다. 그러고 있노라면 잠자리의 한가로운 날갯짓을 따라 그리움이 일렁여 주겠지요. 그 사람이 보고 싶어지겠지요.

나는 두렵지 않다

차벨라 바르가스의 노래 〈라 요로나〉

🌿 "나는 두렵지 않다. 죽음도, 삶도, 다른 어떤 것도."

차벨라 바르가스. 여든셋에 카네기홀에서 공연한 가수. 인생의 정상과 바닥을 격렬하게 오갔던 그녀가 인생의 마지막에 한 말입니다.

언제쯤이면 나도 그렇게 말할 수 있을까요? 두렵지 않다고. 아무것도, 죽음조차 두렵지 않다고.

아직도 나는 두려운 것투성이입니다. 막막한 것투성이입니다. 꿈꾸지 않고 잠드는 날이 없습니다. 꿈은 스토리도 다양한 미니시리즈로 꿉니다. 꿈속에서도 나는 어떻게 살까 모색하고 방황합니다.

그런 나에게 제자가 물었습니다.

"어떻게 살아야 할까요?"

나를 몰라도 너무 모르는 제자입니다. "네가 나한테 그걸 좀 알려 다오." 할 수도 없고……. 나는 자신에게 말하듯 제자에게 대답했습니다. 차벨라 바르가스의 말을 빌려서.

"인생 뭐 있어? 주어진 일 부지런히 하면 되는 거지. 다가온 인연에 충실하면 되는 거지."

차벨라 바르가스는 '목동의 노래'라는 뜻을 지닌 멕시코 전통 음악 칸시온 란체라의 살아 있는 전설입니다. 그녀는 1919년 코스타리카에서 태어나 열네 살에 멕시코로 건너갔고, 그 후 오랜 세월을 멕시코 길거리에서 노래를 부르며 생활했습니다. 그러다가 서른이 되어서야 가수로서 이름을 알렸지요. 남장 차림을 하고, 폭연과 폭음을 즐겼던 차벨라. 어깨에 두른 판초는 그녀의 상징물이 되었습니다. 그녀를 모르던 사람도 영화 〈프리다〉를 보고 나면 그녀의 노래에 푹 빠지게 됩니다. 차벨라는 그 영화에서 두 곡이나 노래하지요. 특히 유령처럼 분장하고 노래하는 〈라 요로나〉는 압권입니다. 영화에서 프리다는 디에고와 헤어진 뒤 어느 술집에서 이 노래를 듣습니다. 쓸쓸한 가슴을 쓸어내리면서…….

내 사랑이 부족한가요? 라 요로나.
당신께 내 삶을 다 주었건만……
더 이상 뭘 원하나요?

외롭고 힘들었던 프리다의 일생과 쓰라린 심정을 이 노래만큼 잘 담아낸 게 또 있을까요? 인생의 황혼에 서 있는 차벨라는 〈라 요로나〉로 인생의 고통과 사랑의 갈망을 절절하게 노래했습니다.

라 요로나는 남아메리카에서 오래전부터 내려오는 전설 속의 여자, '흐느껴 우는 여자'를 의미합니다. 한 남자의 사랑을 얻기 위해 자신이 가진 모든 걸 다 바친 여자 이야기인데요. 한때 사랑했던 남자가 떠나 버린 후 그 사랑을 다시 찾기 위한 여자의 처절한 갈망, 그 슬픈 노래는 이어집니다.

이토록 사랑하는데도
내 사랑이 부족한가요?
당신께 내 삶을 다 주었건만……
더 이상 뭘 원하나요?
당신은 내게 무엇을 더 원하나요?

차벨라 바르가스는 1970년대 중반부터 15년 동안 알코올 중독으로 활동을 멈추기도 했습니다.

"그 시절에 멕시코 데킬라는 내가 다 마셨을 것이다."

그녀는 이렇게 말하며 "20년을 죽어 있었다."고 표현했지요. 그러나 1991년에 다시 무대에 복귀했고, 2003년에는 소망하던 카네기홀에서 공연했습니다.

속삭이고, 울부짖고, 간청하고, 애원하고, 흐느끼는 모든 감정을 내보이는 그녀의 노래는 그녀의 삶 바로 그 자체였습니다.

인생의 정상과 밑바닥을 격렬하게 오갔던 차벨라 바르가스. 그녀는 인생의 말년에 서서 말했습니다.

"내 삶에는 어제도 없고 내일도 없다. 오직 지금 여기뿐.
지금이 내 시간이고 나는 내 나이에 맞게 산다.
나는 두렵지 않다. 죽음도, 삶도, 다른 어떤 것도."

어제도 없고, 내일도 없고, 오직 지금 여기뿐……. 그녀의 말이 가슴을 칩니다.

"어떻게 살아야 할까요?"

제자가 나에게 물어 왔듯 나는 차벨라에게 묻습니다. 그녀가 다가와 대답합니다. 멀리 보지 말고 그냥 눈앞만 보며 걸어가라고. 먼 앞날을 생각하지 말고 그저 오늘을 살아 내라고.

너무 멀리 내다보면 막막합니다. 10년 후, 20년 후를 내다보면 아득합니다. 노년기를 준비하라는 말에는 먹먹해집니다. 먼 훗날의 삶을 내다보면 멀미가 날 것 같습니다.

그러나 그저 오늘 하루를 살아 내는 일은 그리 어렵지 않습니다. 아득한 계단을 올려다보면 아찔하지만, 한 계단을 디디는 일은 힘겹지 않습니다.

오늘 이 순간, 여기 이 자리에 나는 있습니다. 이곳에 두 발을 굳게 디뎌 봅니다. 두려움이 없어집니다.

멀리 볼 것 있나요? 그저 눈앞에 닥친 것을 해결해 나가면, 그러면 되는 거겠지요. 그저 앞에 놓인 계단을 디디면, 그러면 되는 거겠지요. 지금 이 시간 최대한 감동을 맘껏 누리고, 지금 이 순간 곁에 있는 사람을 맘껏 사랑하면, 그러면 되는 거겠지요.

어릴 때는 몰랐지만 어머니가 된 후에 알게 된 사실 하나. 어머니는 잘난 자식보다 못난 자식에게 더 마음이 간다는 사실입니다. 자식은 잘난 어머니를 원하지만 어머니는 못난 자식에게 더 정이 갑니다.

한밤중에 열이 난 아이, 응급실에서 내 팔에 안겨 있는 아이, 시험을 잘못 치른 아이, 이발해야 하는 아이, 벌을 받고 있는 아이……. 그렇게 어떤 이유가 있어서 어머니가 거기에 꼭 있어 줘야만 하는 아이. 그런 아이를 특별히 사랑한다고 작가 에마 봄베크도 글을 썼지요.

어머니는 완벽하고 잘난 자식보다 모자라고 보살펴 줘야 하는 자식에게 더 정이 가고 마음이 쓰입니다. 모자란 자식에게 희망을 걸고, 그 희망을 절대 포기하지 않습니다. 그리고 그 희망의 힘으로 살아갑니다.

고무신을 신고 자식을 위해 희생하는 어머니. 우리가 흔히 떠올리는 어머니 상입니다. 그런데 위태롭게 높은 빨간 하이힐을 신은 엄마가 등장하는 영화가 있지요. 스페인 감독 페드로 알모도바르의 1991년 영화 〈하이힐〉입니다.

베키는 어린 시절 반지하 집에서 자랐습니다. 창문을 열면 지나다니는 사람들의 다리가 보였습니다. 창가를 지나다니는 사람의 하이힐 소리를 들으며 베키는 성공하고 싶다는 꿈을 키웁니다. 베키는 엄마가 되기에는 너무 야망이 큰 여자였습니다. 그런데 엄마가 되었고, 딸에게 고통을 안겨 줍니다. 그녀는 어린 딸 레베카에게 또각또각 들려오는 엄마의 하이힐 소리를 언제까지나 기다리게 했으니까요.

어린 딸을 마드리드에 놔두고 성공하기 위해 멕시코로 간 베키. 그녀는 선풍적인 인기를 모으며 멕시코에서 활동합니다. 베키가 성공 가도를 달리며 바쁜 일정을 보내는 동안 그녀의 딸 레베카는 엄마 없이 15년을 살아야 했습니다.

15년이 지난 어느 날 고국으로 돌아오는 엄마를 마중 나간 레베카. 그런데 15년 만에 만난 딸에게 건넨 엄마의 첫마디는 이것이었지요.

"밖에 기자들이 많이 와 있지?"

딸과 상봉하는 그 순간까지도 사람들의 이목을 의식하는 엄마에게 레베카는 절망합니다.

"나는 안 보이나요? 내가 왔잖아요! 내가 엄마를 얼마나 기다렸는데요!"

레베카는 유명 스타인 엄마를 자랑스러워하고 바쁜 그녀를 이해하려고 노력합니다. 그러나 그녀의 마음은 15년 동안 그리움이 애증으로 쌓여 있습니다. 그래서 엄마의 옛 애인이었던 남자 마누엘과 결혼하는 것으로 엄마 속을 썩이려 합니다. 베키는 차마 그 결혼을 반대할 수 없습니다. 자격이 없는 엄마기 때문이지요.

마누엘은 사랑 없이 결혼한 레베카에게 쓰디쓴 상처만 주는 남자입니다. 결국 레베카는 마누엘에게 총을 겨누고 말아요. 레베카는 체포되고 구치소에 갇힙니다.

베키는 찢어지는 고통을 느낍니다. 딸의 비극은 모두 자신에게서 비롯되었음을 알기 때문입니다. 엄마 노릇을 제대로 못한 엄마, 자식의 인생을 망친 엄마. 이런 엄마가 무슨 엄마냐고 자신을 자책합니다.

베키는 공연장에서 딸을 향한 마음을 관객들에게 고백합니다.

"오늘 밤, 제 외동딸이 구치소에서 밤을 보냅니다. 제 마음이 찢어집니다. 첫 곡을 딸에게 바칩니다."

베키는 딸을 생각하며 피 흘리는 고통으로 노래합니다.

마음이 고통스러우면 나를 생각해. 울고 싶으면 나를 생각해.

봐, 엄마가 네 천사 같은 모습을 그리워하잖니.

네 어린 입술이 나를 거짓말하게 하는구나.

나를 생각해, 고통스럽거든. 눈물을 흘릴 때도 나를 생각해.

네가 없으면 내가 살아 무엇하랴. 내 목숨도 가져가거라.

노래하기 전에 베키는 바닥에 입을 맞춥니다. 그 바닥에 진한 립스틱 자국이 남습니다. 그녀가 노래하는 동안 그 위에 눈물방울이 떨어집니다. 그것은 곧 딸을 위한 눈물이었고, 후회였고, 통한이었습니다.

유방암으로 여생이 얼마 남지 않았던 베키는 딸에게 증거물인 권총을 가져오게 합니다. 그리고 권총에 자신의 지문을 묻힙니다. 그렇게 딸 대신 누명을 쓰고 죽어 가는 베키. 그녀 역시 엄마였습니다.

15년 동안 성공 가도를 밟던 빨간 하이힐의 베키. 그녀는 진정으로 딸에게 돌아오면서 말하지요.

"지난 50년 동안 나는 멋진 여자였어요. 이제 멋진 인간이 되고 싶어요."

멋진 인간이란 베키에게는 엄마의 역할이었습니다. 베키는 이제 엄마로 살고 싶었습니다.

죽음을 앞두고 베키는 말합니다.

"신부님, 저는 다 속였습니다. 죽이지 않았는데 죽였다고 했어요. 딸을 구하기 위해서예요. 하느님도 이해해야 돼요, 저는 엄마예요. 죽음으로라도 그 아이에게 도움이 되어야 해요."

베키는 죽어 가면서 딸에게 말합니다.

"창문을 열어다오. 거리를 보고 싶구나."

그곳은 반지하였습니다. 창문을 엽니다. 하이힐 신은 여자의 다리가 보입니다. 하이힐 신은 여자가 지나갑니다. 죽어 가는 엄마 옆에서 레베카는 고백합니다.

"어릴 때 엄마의 구두 소리를 들을 때까지 잠들 수가 없었어요. 멀리서 복도를 따라 들어와서 제 방문을 닫아 줬지요. 몇 시에 오든 상관없었어요. 잠들지 않고 엄마 구두 소리를 기다렸어요."

그렇게 엄마 옆에 누워서 엄마를 안고 우는 딸의 모습에서 영화는 끝이 납니다.

하이힐을 신고 높이 신분 상승하고 싶었던 여자의 야망도, 남자로부터 열렬한 사랑을 받고 싶었던 여자의 꿈도 결국 모성 본능을 넘어서지는 못했습니다. 딸 대신 누명을 쓰고 죽어 가는 베키의 모습에서 또 한 번 느낍니다. 여자는 약하지만 어머니는 강하다는 사실을.

베키의 노래 가사 중 한 구절이 오래오래 가슴에 남아 파도칩니다.

네가 없으면 내가 살아 무엇하랴……

자식 없이는 그 어떤 영광도 의미가 없는 것, 그게 바로 엄마입니다. 엄마의 마음은 넘어진 우리를 일으키는 힘이고, 가파른 생의 언덕을 오르게 하는 힘입니다.

"저는 엄마입니다."

베키의 고백처럼 엄마는 엄마입니다.

유대 격언에 이런 말이 있지요.

신은 도처에 가 있을 수 없기 때문에 어머니를 만들었다.

칼릴 지브란은 어머니를 말합니다.

슬픔 속의 위안이며, 불행 속의 희망이고, 나약함 속의 힘, 그것이다. 어머니는 사랑과 자비, 동정과 용서의 뿌리다.

이 세상에 같이 계시든 먼저 저 세상으로 떠나셨든 어머니는 어머니입니다. 어머니의 사랑은 죽어서도 멈추지 않습니다. 어머니는 영원합니다.

어느 날 아버지 눈에 고인 눈물을 봐 버렸습니다. 글썽해진 시선에서 나를 얼마나 걱정하는지 알아 버렸습니다. 돌아서 걸어가는 아버지 등이 많이 굽어 있었습니다. 가슴이 덜컹 내려앉았습니다.

걱정만 끼쳐 드린 자식은 아버지 뒷모습에 대고 입은 열지 못하고 이 말만 가슴에 맴돌았습니다.

죄송합니다. 정말 죄송합니다…….

고맙다는 말을 전해야 하는데 왜 죄송하다는 표현부터 튀어나오는 걸까요? 원하는 자식이 못 되어 드려 죄송하고, 자주 찾아뵙지 못해 죄송하고, 효도하지 못해 죄송하고…… 왜 죄송한 것투성이일까요? 고마움이 너무 커서 차마 고맙다는 말보다 죄송하다는 표현이 먼저 나오는 게 자식인가 봅니다.

중국 제3세대 소설가 위화의 『허삼관 매혈기』는 가난했던 1950년 대에 주인공 허삼관이 가족을 위해 한평생 피를 팔면서 살아가는 인생 역정 이야기입니다.

공장에서 일하는 허삼관은 어느 날 병원에 가서 피를 팔고 35원을 받습니다. 피를 팔아 번 돈으로 허삼관은 성城안에서 가장 미인으로 소문난 허옥란과 결혼합니다. 그리고 5년 동안 아들 일락, 이락, 삼락을 낳습니다.

허삼관은 아내에게 늘 이렇게 말하곤 합니다.

"일락이는 나를 닮고 이락이는 당신을 닮았는데, 삼락이 저 녀석은 도대체 누굴 닮은 거지?"

그렇게 장남 일락이를 가장 좋아했지만 일락이는 아내가 결혼하기 전에 사귄 남자의 아들임이 밝혀집니다. 그토록 따르던 아버지가 친아버지가 아님을 알게 된 일락이는 충격을 받고 집을 나갔다가 다시 돌아옵니다.

"배고프고 졸려요. 뭘 좀 먹고 자고 싶어요. 절 친자식으로 생각하진 않아도 하소용보다는 절 아껴 주실 것 같아서요. 그래서 돌아온 거예요."

축 처진 어깨에 고개를 푹 떨군 채 온몸이 들썩거리는 일락이 앞에 허삼관이 쪼그려 앉고 말합니다.

"자, 업혀라."

일락은 아버지 등에 업혀 물었습니다.

"아버지, 우리 지금 국수 먹으러 가는 거예요?"

피가 통하지 않은 자식을 변함없이 사랑한 허삼관은 일락이 사고를 쳐서 빚을 지고 재산을 날릴 위기에 처하자 두 번째 피를 팔아 겨우 모면합니다.

그 후 극심한 기근 때문에 허기를 채우려고 자꾸만 피를 팝니다. 일락이 간염 때문에 위독해지자 허삼관은 아예 매혈 여행을 떠납니다. 매혈 여행 도중 만난 젊은 형제는 매혈하고 좋아합니다.

"피를 판다는 건 정말로 끝내주는 일이네요. 돈 버는 거야 그렇다 치고, 황주에다 돼지간볶음까지 먹을 수 있으니 말이에요. 평상시에야 반점에 가서 돼지간볶음을 먹는다는 일을 상상이나 하겠어요?"

그 말에 허삼관은 씁쓸한 어조로 대답합니다.

"내가 쉬지 않고 피를 파는 건 이 방법 말고는 별수 없기 때문이야."

피를 팔아야 아이를 키우고 가족을 먹여 살릴 수 있는 허삼관은 힘겨운 인생 고개를 넘어서 어느새 예순에 이릅니다. 세 아들은 다 결혼했고 더는 급전도 필요 없게 됐습니다.

허삼관은 피를 팔면 주던 돼지간볶음이 먹고 싶습니다. 그동안은 자식을 위해 피를 팔아 왔지만 생애 처음으로 자신을 위해 피를 팔고 싶습니다. 그러나 병원에서는 늙은 그의 피를 원하지 않습니다.

다 자란 자식들은 아버지를 무시합니다. 그러자 아내가 나서서 자식들에게 말합니다.

"이 자식들아, 너희 양심은 개한테 갖다 줬냐? 아버지는 피를 팔아서 번 돈을 전부 너희를 위해 썼어. 너희는 아버지가 피를 팔아 가며 키운 거란 말이다! 좀 생각해 봐. 흉년 든 해에 늘 옥수수죽만 먹었을 때 너희 얼굴에 살이라고는 한 점도 없어서 아버지가 피를 팔아 너희에게 국수를 사 주셨잖니. 이젠 완전히 잊어 먹었구나.”

아내는 자식들에게 독설을 퍼붓고는 허삼관의 손을 잡아끕니다.

“여보, 갑시다. 우리 돼지간볶음 먹으러 가요. 황주도 마시고요. 이제 가진 건 돈뿐인데 뭘 그래요.”

가난하고 어려웠던 시절…… 피를 팔아서라도, 자신을 팔아서라도, 영혼을 팔아서라도 가족을 부양해야 했던 우리의 아버지가 있었습니다. 자식 때문에 당신의 꿈을 접어 버리고, 당신의 즐거움을 미뤄 둔 채 평생을 살아온 아버지……. 고개를 숙인 채 굽은 등으로 걸어가는 허삼관 같은 우리의 아버지가 후미진 골목 모퉁이를 돌면 거기…… 서 계실 듯합니다.

가족을 위해서라면 기꺼이 사막을 건너는 낙타가 될 수 있는 아버지. 가족을 위해서라면 기꺼이 무릎을 꿇는 죄인이 될 수 있는 아버지. 내 아버지는…… 눈물이 없는 줄 알았습니다. 심장도 굉장히 강한 줄 알았습니다. 사랑이, 정이 없는 줄 알았습니다.

그러나 어느 날 알았습니다. 자식을 위해 인내했고, 얇은 지갑을 열었고, 소중한 것을 내주었고, 슬픔을 감추고 애써 웃어 줬다는 것을……. 참 뒤늦게 알았습니다. 아버지가 돌아가시고 나서야…… 그때서야 알았습니다.

내 마음이 가는 그곳으로

수산나 타마로의 소설 『마음 가는 대로』

폭죽처럼 피어났다가 훌훌 눈꽃처럼 날리며 져버리는 벚꽃도 그렇고, 열병처럼 뜨겁게 피어났다가 계절이 가기도 전에 먼저 져버리는 동백꽃도 그렇고, 펄펄 내렸다가 자취도 없이 스러지는 함박눈도 그렇고……. 짧은 것은 짧아서 아름답습니다. 그런데 청춘은 너무 짧아서 돌아보면 아픕니다.

청춘의 푸른 터널을 지나 중년의 나이에 이르렀습니다. 청춘일 때는 생각했지요. 나이가 더 들면 내가 가는 길이 분명히 보이리라. 내가 얼마만큼 가고 있는지도 정확히 알 수 있으리라.

그러나 아직 내 손에 쥔 나침반이 제대로 작동하지 못하고 있습니다. 어디로 갈지 막막하고, 어디쯤이 종착역인지 아득합니다. 보이지 않으니까 불안합니다. 시간이 많지 않다는 자각으로 더 위태롭습니다. 지나가는 바람 한 자락에도 흔들리고 하늘에 걸린 구름 한 자락

  에도 가슴이 철렁 내려앉습니다.

고백건대
나는 참새 한 마리의 무게로도 휘청댄다.

복효근 시인은 「어느 대나무의 고백」에서 고백합니다.
마흔이라는 나이, 그 나뭇가지는 그렇게 아주 가벼운 참새 한 마리의 무게로도 휘청댑니다. 아주 가녀린 바람의 방문에도 갸우뚱거리며 흔들립니다.
대나무 칸칸에는 터질 듯한 공허와 회의가 들어 있다는 시인의 고백처럼 마흔의 나이 그 칸칸마다 공허와 후회와 허망함이 들어 있습니다. 아직도 어디로 가야 할지, 무엇을 선택해야 할지 모르는 부끄러운 막막함이 들어 있습니다.

그런데 이탈리아 작가 수산나 타마로는 『마음 가는 대로』에서 말하네요.

네 앞에 수많은 길이 열려 있을 때, 그리고 어떤 길을 택해야 할지 모를 때, 되는 대로 아무 길이나 들어서지 말고 앉아서 기다리거라.
네가 세상에 나오던 날 내쉬었던 자신 있는 깊은 숨을 들이쉬며 기다리고 또 기다리거라.
네 마음속 소리를 들어라.

세계 여성의 마음을 울린, 편지체로 쓰인 소설 『마음 가는 대로』. 그 소설에는 항구 도시 트리에스테의 양로원에서 외롭게 죽음을 기다리는 할머니가 나옵니다. 그녀의 이름은 올가. 그녀는 이 세상에 혼자 남을 손녀에게 편지를 씁니다. 어쩌면 충격적일 수도 있는 사랑의 흔적을 고백하는 올가. 그러나 올가는 그 사랑을 부끄러워하지 않습니다.

사랑 없이 결혼하고 지루한 결혼생활을 하던 올가는 어느 날 혼자 떠난 여행지에서 의사인 에르네스토를 만납니다. 그 후 사랑하는 사람이 머물고 있는 온천 지역 프로레타는 그녀의 심장이 머무는 영혼의 주소지가 되어 버렸지요. 올가는 에르네스토의 아이를 갖게 되었고 남편에게 고백하려 하지만 끝내 그 사실을 숨깁니다.

딸이 세 살 되던 해, 남편과 함께 떠난 여행지에서 올가는 에르네스토를 만납니다. 그는 멀리서 몇 시간이고 올가와 그녀의 남편을 지켜봅니다.

그 여행의 마지막 날 에르네스토는 올가에게 말합니다.

"매일 밤 11시에 난 언제 어디에 있든 하늘에서 시리우스좌를 찾을 거요. 당신도 그렇게 해요. 그러면 우리가 멀리 떨어져 있어도, 오랫동안 만나지 못해 아무것도 모른다 해도 우린 저 위에서 다시 만나 함께하게 될 거요."

그들은 더는 만날 수 없었습니다. 그러나 그날부터 그들의 만남의 공간은 하늘이 됩니다. 에르네스토가 하늘나라로 떠난 후에는 더욱 더…….

오랜 세월이 흘러 남편이 죽음을 앞두고 그녀에게 말합니다.

"이라리아의 손……. 우리 가족 중에는 그런 손을 가진 사람이 없지."

올가의 남편은 17년 동안이나 이라리아가 자신의 딸이 아니라는 걸 알면서도 숨겨 온 것이었지요. 충격적이게도…….

수십 년 동안 간직했던 그 비밀이 이라리아와 말다툼하다가 순식간에 튀어나와 버립니다.

"넌 네 아버지 딸이 아냐!"

충격을 받은 이라리아는 뛰쳐나갔고, 도로 순찰대가 올가에게 사고 소식을 알리러 옵니다. 그 후 올가는 이라리아의 어린 딸인 손녀를 키우며 살아갑니다.

마음 가는 대로…….

올가는 마음이 가는 대로 가지 못했습니다. 사랑하는 이를 선택하지 못했습니다. 슬픈 사랑을 하고, 그 사랑 때문에 혹독한 대가를 치렀습니다. 그런 그녀가 손녀에게 해 준 말은 바로 이것이었지요.

"선택의 순간이 오면 마음속의 소리를 들으렴.

그리고 그 마음이 가는 곳으로 따라가렴."

인생은 선택의 과정입니다. 우리는 수많은 선택을 하며 살아갑니다. 그런데 저마다 선택하는 방식이 다릅니다. 어떤 사람은 냉정하게 생각하고 사리에 맞게 꼼꼼히 따져 본 후에 상황이나 대상을 결정합니다. 또 어떤 사람은 감정 위주로 상황이나 대상을 선택합니다. 어떤 사람은 모든 것을 종합해서 직관적으로 선택하기도 합니다.

그런데 이 세 가지 선택 방식을 다 동원해도 도무지 뭘 선택해야 할지 모를 때가 있습니다. 그럴 때 마음이 가는 곳, 심장의 고동 소리를 따라가 보라고 올가는 말해 줍니다. 그러나 선택의 기로에서 우리는 과연 마음의 소리를 얼마나 알아들을 수 있을까요? 그 마음이 가는 곳으로 과연 똑바로 걸어갈 수 있을까요?

이 길이냐, 저 길이냐. 이 사람이냐, 저 사람이냐. 사랑이냐, 가정이냐. 꿈이냐, 현실이냐……. 흔들리고 갈등하는 사이에 우리의 시간은 오후에 도달해 버립니다.

그러나 복효근 시인의 시처럼 우리는 견디고 서 있어야 합니다.

생의 끄트머리에나 있다고 하는 그 꽃을 위해
시들지도 못하고 휘청, 흔들리며, 떨며 다만,
하늘 우러러 견디고 서 있는 것이다.

가장 아름다운 꽃은 생의 끄트머리에 있다고 하네요.
그러니 나 지금 잘 가고 있느냐고, 나 지금 잘 사랑하고 있는 것이

냐고, 다른 누구도 아닌 당신 자신의 마음에 물으며 홀로 걸어가기를
바랍니다. 걷다 보면 그 길모퉁이 어디쯤에서 만날 수 있겠지요. 아
름답게 핀 그 꽃을…….

두 볼에 햇살이 스며들어

어린 시절 잠자리에 누우면 어머니가 토닥토닥 두드리며 자장
가를 불러 주셨습니다. 어느 날 어머니 자장가 소리에 스르르 잠이
들려는데, 자장가 소리가 점점 멎더니 노래 대신 어머니 숨소리가 쌔
근쌔근 들려왔습니다. 자장가를 듣던 나보다 어머니가 먼저 잠이 들
어 버리셨던 겁니다. 나를 재우려다 먼저 잠들어 버린 어머니의 낮고
규칙적인 숨소리는 자장가보다 더 평화롭고 따뜻했습니다. 그래서
나도 그만 어머니 품속에서 깊이 잠이 들었습니다.

어머니의 자장가처럼, 어머니의 품속처럼 따뜻한 위로가 필요할
때가 있습니다. 그럴 때면 르누아르의 그림을 봅니다. 마음이 환해집
니다. 따뜻해집니다.

어떤 사람은 세상의 소리 중에 아름다운 소리만 듣습니다. 삶의 향

기만 맡는 코를 가진 사람도 있습니다. 그런가 하면 소음과 악취에만 길들여진 감각도 있지요. 생각도 좋은 쪽으로만 하는 사람이 있는가 하면, 안 좋은 쪽으로만 하는 사람도 있습니다.

우리가 사는 세상은 다 똑같고 인생사도 모두 똑같이 돌아갑니다. 그러나 그것을 대하는 사람의 마음은 제각각입니다. 주변을 보면 항상 즐겁게 살아가는 사람에겐 늘 즐거운 일만 생기곤 합니다. 그래서 이런 격언도 있는 걸까요.

"인생은 그것을 사랑해 주는 사람에게 호의적이다."

인생의 즐거운 느낌, 인생의 밝은 면, 인생의 행복한 절정을 잘 포착한 화가 르누아르. 그래서 그의 그림을 보면 기분이 좋아집니다.

피에르 오귀스트 르누아르는 1841년, 도자기 생산으로 유명한 프랑스 중부의 리모즈에서 태어났습니다. 네 살 때 가족이 모두 파리로 이주했고 열세 살 때부터 도기 공장에 들어가 도기의 윗그림을 그렸는데, 그 일이 화가가 되는 데 결정적인 영향을 미쳤습니다.

인상파 화가의 영원한 숙제는 빛에 대한 탐구였는데요. 그중에서도 특히 르누아르는 곳곳에 떨어지는 햇살을 집요하게 찾아서 그림으로 그렸습니다. 그리고 일상의 행복을 느끼는 사람을 부드러운 시선으로 바라보고 그것을 그림으로 승화했습니다.

흔히 화가 하면 고난과 고독, 방황과 슬픔, 가난과 치기, 광기 등을 떠올립니다. 그러나 르누아르는 굴곡 없는 평탄한 인생을 살았고 항상 여유로웠습니다. 그래서 그런지 그의 그림에서는 삶의 고단함과 절박함은 전혀 느낄 수 없습니다. 그의 그림을 보면 따뜻하고 편안하고 행복하고 나른합니다. 인생은 이렇게 달콤한 것이 아닐까 하는, 포근한 위안을 느낍니다.

르누아르는 이런 말을 남겼지요.

"풍경일 때는 그 속에서 산책하고 싶어지는 그림, 여자를 그릴 때는 그녀를 안고 싶어지는 그림을 좋아한다."

르누아르의 그림을 보면 우선 색감에서부터 마음을 빼앗기게 됩니다. 따뜻한 붉은색과 부드러운 살색 계열을 즐겨 써서 보는 사람에게 편안한 위안을 선물합니다. 그의 화집을 천천히 넘기다 보면 환하고 아름답고 따뜻하고 그러면서도 열정적인 색채에, 부드러운 여인의 모습에 반하게 됩니다.

르누아르는 〈독서하는 여인〉 그림을 몇 점 그렸지요. 그중 하나로 1875~1876년에 그린 작품은, 한 소녀가 책을 들고 열심히 그 속에 몰입하는 그림입니다.

그녀가 읽고 있는 책은 어떤 책일까요? 어떤 책이기에 그토록 흥미진진한 표정을 감추지 못하며 책을 얼굴 가까이에 대고 완전히 몰입되어 있는 걸까요? 그녀의 두 볼이 붉어졌습니다. 그녀의 얼굴이 등불이 켜진 듯 환해졌습니다. 그녀의 마음이 난로가 켜진 듯 따뜻해졌습니다.

다른 그림 중에 〈독서하는 두 소녀〉라는 그림도 있습니다. 긴 머리를 머리핀으로 묶은 소녀와 그 옆에 머리를 단정하게 위로 틀어 올린 소녀가 책 한 권을 보고 있습니다. 장소는 풀밭입니다. 한 소녀는 책 내용이 흥미로운 듯 손을 입가에 대고 흠뻑 빠져들어 있네요. 또 다른 소녀 역시 책 내용에 완전히 몰입되어 두 볼이 빨개졌습니다. 두 소녀가 보고 있는 책은 어쩌면 시집이 아닐까 싶습니다. 두 소녀가 읽고 있는 그 시는 로맨틱한 사랑을 꿈꾸는 시는 아닐까, 즐거운 상상을 해 봅니다.

어느 평론가는 르누아르의 〈독서하는 여인〉을 보고 '빛을 머금은 살결'이라는 표현을 했습니다. 마치 책 속의 내용이 소녀의 얼굴로 흡수된 듯한 느낌을 받게 됩니다.

지금 눈으로 보고 있는 그것이 바로 나 자신이 된다고 했던가요. 시를 보고 있으면 시가 얼굴로 스며들고, 철학을 읽고 있으면 철학이 얼굴로 스며듭니다. 그러니 책을 읽는다는 것은 천천히 지성적인 얼굴로 성형하는 일입니다.

르누아르의 〈독서하는 여인〉을 보고 나면 사놓고 미처 읽지 못한 책 한 권을 책꽂이에서 빼내게 됩니다. 그리고 그림 속 소녀처럼 햇살 속에 앉아서 읽어 보고 싶어집니다. 그러면 햇살이 두 볼에 스며들어 더없이 행복해지겠지요.

퍽퍽한 현실을 잊게 하는 수단은 다양합니다. 한 편의 영화 속으로 들어가는 기쁨도 있을 테고, 드라마가 잠시 현실을 잊게 해 줄 수도 있지요. 스포츠에 몰입해서 현실을 잊고 싶을 때도 있습니다. 그런데 어쩐지 책 속에 파묻혀 현실을 잊는 맹렬한 독서파는 눈에 잘 띄지 않습니다. 지하철에서 독서 삼매경에 빠진 사람, 버스 안에서 책을 읽다가 내릴 정류장을 지나치는 사람, 공원 벤치에 앉아 책을 읽는 사람, 카페에서 누군가를 기다리며 독서하는 사람, 가족을 기다리는 식탁에서 책을 보는 사람, 동네 서점에서 책을 고르는 사람……. 그런 독서광이 그립습니다.

책冊을 한자로 써 보면 책이 책꽂이에 꽂힌 모습이 연상됩니다. 요즘 전자책도 많이 나왔지만 책은 역시 종이로 된 책이 진짜 책이 아닐까요. 물론 읽어서 지식이 되는 기능도 있지만 벽을 꾸미는 '장식'의 기능도 충분히 의미 있습니다.

매일 동네 서점에 들러 책 한 권씩 고르는 재미는 절대 놓치고 싶지 않아요. 책의 독특한 냄새가 좋습니다. 내가 읽어서 좋은 책은 사랑하는 사람에게도 주고 싶습니다. 좋아하는 사람에게 선물할 책을 고르는 일, 그것은 내가 다섯 손가락에 꼽는 일상의 행복 중 하나입니다.

그리워하는 순간
꽃은 피어나고

뜨겁게 피워 내기
주세페 베르디의 오페라 〈라 트라비아타〉

누군가 '사람은 톱니바퀴 장치'라고 한 말이 문득 생각나네요. 우리 마음은 톱니바퀴 장치와 같아서 지푸라기 하나가 그 톱니바퀴 장치를 완전히 멈추게 할 수도 있고, 작은 고장 하나가 그 톱니바퀴 장치를 완전히 멈추게 할 수 있다고 하지요.

그런데 지푸라기가 방해할 때 사랑으로 그것을 다스리고, 고장 난 곳을 사랑으로 고치기도 합니다. 그러니까 우리를 별 탈 없이 잘 운행하게 하는 것은 바로 사랑입니다.

그런데 우리는 사랑하는 사람이 곁에 있을 때는 그가 얼마나 소중한지 잘 알지 못합니다. 그러다가 그 사람과 떨어져 있을 때는 이 세상에 존재하는 모든 시련이 그의 '부재'에서 온다는 걸 느끼게 됩니다.

주세페 베르디의 오페라 〈라 트라비아타〉에서도 그런 사랑이 등장합니다. 이 오페라는 프랑스 작가 알렉상드르 뒤마 피스의 소설 『동백꽃 아가씨』를 원작으로 하고 있는데요, 우리나라에서는 『춘희』로 더 잘 알려져 있습니다. 『동백꽃 아가씨』는 당시 파리 사교계에서 바비 인형으로 알려진 마리 뒤프레시라는 여성을 모델로 쓴 소설이며, 뒤마 피스 자신의 자전적인 사랑 이야기로 알려져 있지요. 〈라 트라비아타〉는 우리나라에서 처음 공연된 유럽 오페라이며, 거기에 흐르는 〈축배의 노래〉는 아주 잘 알려진 곡입니다.

1848년 발표된 뒤마 피스의 『동백꽃 아가씨』에는 사람이 사람을 사랑할 때 느낄 수 있는 질투, 착각, 집착, 후회, 슬픔, 기쁨 등이 섬세하게 묘사되어 있습니다. 이 소설이 19세기 유럽에서 큰 인기를 끌면서 당시 파리 여자들은 비련의 주인공 마르그리트처럼 결핵으로 죽는 것이 소원일 정도였지요. 그리고 동백꽃을 꽂고 사교계에 나가는 것이 유럽뿐 아니라 아시아에서까지 유행했다고 해요.

그까짓 사랑 때문에
그까짓 여자 때문에
다시는 울지 말자
다시는 울지 말자
눈물을 감추다가
동백꽃 붉게 터지는

선운사 뒤안에 가서

엉엉 울었다.

김용택 시인의 「선운사 동백꽃」 시구가 생각나는 동백꽃 여자. 가슴에서 붉게 타는 사랑, 동백꽃 같은 그런 사랑을 하게 되는 마르그리트. 그녀는 거리의 여자. 한 달 중 25일은 흰 동백꽃, 나머지 5일은 빨간 동백꽃을 들고 극장이나 사교계에 나타납니다. 그래서 사람들은 그녀를 '동백꽃 여자'라고 부릅니다.

지방의 명망 높은 집에서 잘 자라난 순진한 청년 아르망 뒤발은 파리에 온 유학생이었지요. 마르그리트와 아르망은 서로 사랑하게 됩니다. 두 사람은 파리 교외의 아담한 보금자리에서 행복한 나날을 보내는데…… 마르그리트가 일하지 않게 되자 궁핍하게 생활합니다.

어느 날 아르망이 돈을 구하러 나간 사이에 아르망의 아버지가 찾아옵니다. 그리고 마르그리트에게 아들과 당장 헤어져 달라고 말합니다. 그녀는 헤어지는 것만이 그를 사랑하는 길이라고 생각합니다. 그리고 그에게 편지 한 통만 남기고 떠나 버리지요.

예전처럼 거리의 여자로 돌아간 마르그리트. 그녀는 아르망을 그리워하며 지냅니다. 한편 아르망은 그녀가 마음이 변한 것으로 오해하고 그녀를 저주하며 여행을 떠나 버립니다.

마르그리트는 그리움이 병이 되어 폐병을 앓게 되지요. 점점 병이 악화되어 사경에 이르는 마르그리트. 마음도 영혼도 오직 한 남자에

게 준 마르그리트. 이미 두 눈이 멀어 버린 그녀에게는 모든 사람이 115
다 아르망처럼 보입니다.

아, 그 사람인가, 그 사람인가
내 마음을 이렇게 뒤흔드는 이
사랑의 고민 속에 사로잡는
내 맘을 산란하게 하는 이가
그이였던가, 그이였던가
상냥한 그의 음성이
사랑을 속삭이고 나를 위로했네
그대가 내 영혼 모두 빼앗아 갔네
내 가슴 깊은 사랑의 궁전에
그이로 가득 찼네, 오 그대여

〈아, 그이였던가〉 아리아가 구슬프게 흐릅니다. 그러나 마르그리트는 아르망이 아닌 것을 알면 괴로운 표정이 되고 식은땀을 흘리며 창백해지곤 합니다.

모든 것을 알게 된 아르망이 그녀에게 달려오지만 벅찬 재회도 잠시, 그녀는 동백꽃처럼 붉은 피를 토하며 죽어 갑니다.

뻐꾸기는 뻐꾹뻐꾹 울어서 뻐꾸기라 하고, 기러기는 기럭기럭 울어서 기러기라 하고, 개구리는 개굴개굴 울어서 개구리라 하고……

그리고 사람은 사랑, 사랑, 사랑을 노래하기 때문에 사람이라고 한다지요.

사람은 정말 사랑 없이는 살아갈 수 없는 존재인가 봅니다. 사랑하지 않는 한 살아갈 수 없는 존재가 우리인가 봅니다. 그래서 언제나 사랑을 갈망하고, 그래서 외롭고, 그래서 괴로운, 그런 존재가 우리인가 봅니다.

너무 아픈 사랑은 사랑이 아니라고, 사랑이 너무 아파서 사랑이라고 하기보다 차라리 미움이라고 하고 싶어질 때, 그럴 때는 계절이 옮겨 가듯 마음도 어디론가 옮겨지기를 바랍니다. 그러나 스스로 절대 옮기지 못하는 마음, 신의 손을 거쳐야 비로소 헤어질 수 있는 마음, 동백꽃처럼 붉은 그 마음, 사랑…….

사랑의 유통기한이 통조림보다 짧다고 하는 시대에 살고 있습니다. 그러나 우리는 꿈꿉니다. 죽음도 갈라놓지 못하는 사랑을. 그리고 로맨틱한 주장을 하고 싶어집니다. 가장 치명적인 질병, 죽음에 이르는 병이 바로 사랑이라고…….

정교한 그림을 그리는 건 어렵지 않았지만
다시 어린 아이가 되는 데 사십 년이 걸렸다.

피카소가 했던 말입니다.
잃어버린 순수.
한번 잃어버리면 다시 찾기 힘든 것, 그러나 꼭 찾아야 되는 것, 무엇보다 급한 일. 그것은 순수를 되찾는 일이 아닐까요?

어린 시절 어머니에게 혼이 나서 처음으로 혼자 하늘을 올려다봤을 때 반짝이며 나를 위로하던 하늘의 별, 담장 너머 핀 장미가 매우 예뻐서 나도 모르게 손을 뻗었는데 내 무례한 손을 아프게 찌르던 가시, 나만의 나무로 정하고 속상할 때마다 찾아가 기대 보던 나

 무……. 그들을 잃어버린 지 오래입니다.

타인의 불행에 가슴 아파 눈물짓던 동정심, 노래 한 소절에 가슴이 아리던 감성, 시집을 끼고 다니며 시 한 수를 외우던 설렘, 아주 작은 기쁨에도 티 없이 기뻐하던 순수성. 도대체 누가 훔쳐 버린 걸까요?

누군가 훔쳐 버린 것처럼 우리 마음에서 사라져 간 순수. 이창동 감독의 영화 〈시〉에서는 그 순수를 '시'로 설명합니다.

영화의 오프닝은 잔인합니다.

평화롭게 흐르는 강물, 천진난만한 아이들 소리. 그곳으로 무엇인가가 떠내려옵니다. 소녀의 주검입니다. 소녀는 순수성을 상징합니다. '시'는 바로 순수. 영화는 처음부터 단언을 내립니다. 이 세상에서 시는 죽었다고, 순수는 사라졌다고.

예순여섯의 미자는 거동이 불편한 노인을 돌보는 간병인으로 일하면서 홀로 손자를 키우며 살아갑니다. 그녀는 소녀 같은 마음을 지녔습니다. "난 꽃을 매우 좋아해 꽃을 보기만 해도 배불러서 밥 안 먹어도 돼요."라고 말하는 사람입니다. 미자는 시를 쓰고 싶어 합니다. 이 세상에 존재하는 얼마 안 되는 순수한 사람입니다.

미자가 듣는 시 문학 강좌에서 수강생들이 '내 인생에서 가장 아름다웠던 순간'을 발표합니다. 그런데 그들이 기억하는 인생의 가장 아름다웠던 순간은 모두 순수한 시간이었습니다. 할머니에게 노래를 가르쳐 드렸던 순간, 첫 아이를 낳던 순간, 반지하 방에 세 들어 살다가 자그마한 임대아파트를 얻어 들어갔던 순간, 이룰 수 없었지만 사랑을 느꼈던 순간, 그리고 어린 시절의 한때…….

그렇게 아름다운 순간은 거창하고 대단한 것이 아니라 가장 순수하게 사랑했고, 순수하게 기뻐했고, 순수하게 감사했던 순간이었지요. 그런 순간을 발표할 때 발표자들은 하나같이 울먹입니다. 가장 행복한 것은 순수를 지니는 일인데, 현실을 살아가다 보니 그 순수가 사라진 것도 모르고 살아왔음을 느끼는 자각에서 흘리는 눈물입니다.

미자는 시를 쓰는 게 어려웠습니다. 그래서 묻고 또 묻습니다.

"어떻게 하면 시를 잘 쓸 수 있어요?"

그 질문은 "어떻게 하면 순수를 지킬 수 있어요?"라는 질문과 다르지 않습니다.

그런데 어떻게 하면 시를 잘 쓸 수 있느냐는 질문에 그 누구도 시원하게 대답을 들려주지 못합니다. 왜냐하면 이미 순수는 사라졌기에……. 현실에서 없는 것을 찾아 헤매는 미자는 그래서 엉뚱해 보이고 바보 같아 보입니다.

그런 미자에게 현실이 닥칩니다. 사랑하는 손자가 오프닝 장면에서 보였던 소녀의 죽음과 연관이 있었던 것입니다. 손자와 친구들이 그 소녀를 자살에 이르게 한 거지요. 미자는 손자가 괴로워하기를 바랍니다. 나쁜 짓을 하면 괴로워해야 하기 때문입니다. 죄를 지으면 벌을 받아야 하기 때문입니다. 남의 가슴을 아프게 하면 자기 가슴에는 피멍이 드는 것이 당연하기 때문입니다. 그런데 손자는 무덤덤합니다. 죄의식이 없습니다. 슬퍼하지 않습니다.

손자와 같이 죄를 지은 아이의 부모들은 돈으로 사건을 무마하려고 합니다. 죄를 지었지만 그 대가를 치르지 않고 넘어가는 방법을 어른들이 아이들에게 가르쳐 주고 있습니다. 그 속에서 미자는 갈등합니다. 세상에서 가장 사랑하는 손자의 마음에서 벌써 순수가 사라져 버린 것이 미자는 슬픕니다.

시는 죽었고, 세상은 손자처럼 무신경합니다. 미자가 즐겨 쓰던 하얀 모자가 바람에 날려 갑니다. 그 하얀 모자가 날아가 버린 것처럼 미자는 순수를 버립니다. 현실과 타협합니다.

그러나 미자는 손자를 위하는 게 진정 무엇인지 고민합니다. 손자의 죄를 덮는 것이 진정으로 손자를 위한 길인지 갈등합니다.

요즘 사회적으로 자식의 잘못을 무조건 덮어 버리려는 부모들을 보게 됩니다. 그것이 과연 사랑의 방법일까요? 죄를 지은 자식은 마땅한 벌을 받게 하는 것이 원칙입니다. 원칙을 지키는 것이 순수입니다. 순수는 곧 사랑입니다. 미자는 손자를 위한 선택을 해야 했지요. 손자를 경찰에게 넘긴 미자는 시 한 편을 완성합니다.

영화 속에서 술에 취한 한 젊은 시인은 "시 같은 건 죽어도 싸다."고 말합니다. 시를 읽는 사람은 점점 줄어들고 시를 쓰고 싶어 하는 사람도 줄어 갑니다. 순수를 간직한 사람도 드물고 순수를 지키려고 애쓰는 사람도 점점 보기 힘들어집니다. 그러나 영화는 희망을 전해 줍니다. 결국에는 순수를 선택한 미자처럼 우리도 순수를 간직할 수 있다고 말이지요. 나무 잎사귀를 흔드는 바람, 하늘을 유유히 흘러가는 구름…… 따뜻한 햇볕이 현란한 조명 대신 쓰였고 새 소리, 흐르는 강물 소리, 아이들 노는 소리가 음악 대신 쓰였습니다.

영화 속에서 걸어 나와 미자가 묻습니다. 당신 마음 안에서 순수는 안녕하시냐고.

순수란 무엇일까요? 순수와 순진은 다릅니다. 순진은 어린 시절에만 간직할 수 있는 단어라면, 순수는 언제나 가질 수 있는 것입니다. 순수란 소신 있고 주관이 뚜렷하다는 것입니다. 세속에 물들지 않는다는 것입니다. 아무것도 모르는 것이 아니라 잘 알고 있어서 흔들리지 않음을 뜻합니다. 순수란 거짓이 없다는 뜻이고 책임을 질 줄 안다는 뜻입니다. 순수는 남의 잘못은 용서하지만 자신에게는 엄격하다는 뜻입니다. 그러므로 순수하게 살아간다는 일은 어렵습니다. 그래서 순수는 더 가치 있습니다.

순수를 어떻게 찾아야 할까요? 순수한 마음은 곧 시의 마음. 시는 말과 기호를 최대한 아껴서 최소한의 언어로 마음을 표현합니다. 그래서 시인은 기도합니다. 아까운 말도 용기 있게 버리게 해 달라고.
군더더기 욕심을 버리는 작업, 삶의 원형에 가까워지려는 노력, 정직해지려는 시도…… 이런 것이 순수를 찾는 과정이겠지요.

순수를 찾기 위해 우선은 시집을 손에 들어 보기를 권합니다. 시를 읽는 사람 중에는 결코 악인이 없다고 해요. 그리고 옛날 정가의 어록에는 "시를 읽지 않은 사람은 통치자가 될 수 없다."고 기록해 두었습니다. 어느 철학자는 "시를 읽고 감동해 보지 않은 사람은 인생을 제대로 살았다고 할 수 없다."고 못 박았습니다.

시를 읽으면 밥이 나오고 재물이 생기는 건 아닙니다. 그러나 시는 더 많은 것을 우리에게 선물합니다. 시를 읽는 동안 문득 삶의 순간을 멈춰 볼 수 있습니다. 그리고 바로 그 순간, 그동안 통 만날 수 없었던 자기 자신과 해후할 수 있습니다.

바다에서 그리운 사람

풍경 〈양양 하조대〉

바다를 보는 눈은 인생을 보는 눈과 비슷하다고 하지요. 혹자는 이런 말도 합니다. 아침 녘 바다를 좋아하면 인생의 시련을 많이 겪은 사람이고, 석양 무렵 바다를 좋아하면 인생을 낭만적으로 여기는 사람이고, 밤바다를 좋아하면 인생에 당당하고 겁이 없는 사람이라고.

이 중에 어떤 바다를 좋아하시나요?

밤바다는 눈으로 보는 게 아니라 코로 보는 것. 모래톱에 앉아서 싸한 바다 냄새를 맡고 있으면 바다가 마음에 꽉 차오르곤 합니다. 멀리서 30초에 한 번씩 점멸하는 등대 불빛…… 바다에 투신하는 달빛…… 막막한 밤의 수평선 위를 날아가는 물새……. 밤바다에 존재하는 모든 것을 마음속에 불러오고 싶을 때가 있지요.

한 오페라 가수는 밤바다가 갑자기 보고 싶어서 밤중에 차를 타고 바닷가로 갔다고 합니다. 바다에 도착하니까 이미 새벽이 되었는데, 갑자기 바다에서 아이를 출산하는 것처럼 해가 불쑥 하늘로 솟았습니다. 그때 그 감흥은 말로 표현할 수가 없었습니다. 그 어떤 공연보다, 오페라보다, 영화보다, 연극보다 더 감동적이었습니다. 그래서 외쳤다고 해요.

"앵콜! 앵콜!"

앙코르 요청이 아니더라도 바다는 그 다음날 아침이면 언제나 앙코르 공연을 펼칩니다. 그리고 또 다른 누군가에게 해 뜨는 광경의 감동을 선물합니다. 바다는 그렇게 마음 넉넉한 예술가입니다.

해안 도로를 따라 달리다가 양양의 하조대에서 내립니다. 조선 개국 공신 하륜과 조준이 말년을 보낸 곳. 그 두 사람의 성을 따서 '하조대'라고 했다지요. 하조대로 향하는 가파른 돌계단을 올라가는 동안 눈이 시리게 푸른 바다를 봅니다. 무인 등대, 그 하얀 빛이 바다 빛깔에 투영되며 마음에 시리게 닿아 옵니다. 그곳에 올라 바라보니 절벽과 기암괴석이 그림처럼 펼쳐져 있습니다. 바위 위에 소나무 한 그루가 위태롭게, 그래서 더 아름답게 서 있습니다.

바다는 짙은 감색으로 물들어 있고, 구름은 끝없이 하얗고, 하늘은 선명한 파란색이고, 넓은 하늘로 갈매기 한 마리가 비행하고 있습니다.

바다는 하늘과 연애하고 있는 듯합니다. 하늘이 파랗고 맑으면 바다도 파랗고, 하늘이 석양에 물들면 바다 역시 볼을 붉히고, 하늘이 까만 밤이면 바다 역시 까맣게 하루의 불을 *끄고*……. 그렇게 바다와 하늘은 서로 물들이는 연인 사이 같습니다.

하조대에서 내려와 카페에 들어섭니다. 얇은 돌을 얹어서 지붕을 만든 너와 지붕 카페에서 커피 한 잔을 마시며 문득 약속을 해 봅니다. 오랜 세월이 지난 후에 혹시 연락이 닿지 않는다면 이곳에서 다시 만나자는 약속을……. 그러면서 문득 마음이 덜컹 내려앉습니다. 정말 연락이 닿지 않는 순간이 올지도 모른다는 예감 때문에……. 사람의 인연이란 이렇게 위태로운 것입니다.

문득 보고 싶어지는 사람이 있습니다.
"있잖아요. 죽을 만큼 당신이 보고 싶었어요."
영화 〈도쿄타워〉에 나온 대사입니다.
보고 싶다는 것…… 생각해 보면 참 순수합니다. 다른 건 그래도 다 생기는 게 있지요. 먹고 싶다, 입고 싶다, 갖고 싶다…… 이런 소망은 그래도 남는 게 있습니다. 하지만 배가 부르는 것도 아니고 돈이 되는 것도 아닌데, 그렇다고 성공하는 것도 아니고 명예를 얻는 것도 아닌데 그저 보고 싶은 것. 보고 나면 뭐 달리 작정이 있는 것도 아닌데 그냥 보고 싶은 것. 그러므로 '당신이 보고 싶다.'는 말은 이 세상에서 가장 따뜻한 고백입니다.

파도가 밀려왔다 스러지는 모래밭에 아무렇게나 주저앉아 하염없이 바다를 바라봅니다. 멀리 바위에 서로 껴안고 앉아 있는 연인이 아련히 보입니다. 따뜻한 어깨를 빌려 주었던 한 사람이 떠오릅니다. 그 사람과 흥얼거렸던 노랫소리가 들립니다. 그 사람과 나눴던 밀어가 속삭입니다. 그러나 이제 먼 수평선처럼 멀어져 버린 사람입니다. 이제는 너무 멀리 있음을 바다가 알려 줍니다. 결국 우리가 쥘 수 있는 건 아무것도 없이 그저 빈손뿐이란 걸 바다는 말해 줍니다.

바다에 가서 그곳에 가득 찬 햇살의 소멸을 보면 마음에 빈 공간이 늘어 갑니다. 하지만 그 빈 마음에 오히려 경험하지 않은 새로운 희망이 고입니다. 어쩌면 우리는 그렇게 비워 내야 얻을 수 있는 가여운 영혼인지도 몰라요.

어떤 시간은 몸을 굉장히 많이 움직이고 뭔가를 열심히 한 것 같은데 얻은 것 하나 없이 마음이 텅 비곤 합니다. 그런데 어떤 시간은 아무것도 하지 않고 가만히 앉아 있기만 했는데도 뭔가 많은 것을 얻고 마음을 꽉 채우게 되곤 합니다. 좋은 사람과 앉아 있을 때가 그렇고, 바다를 마주하고 앉아 있을 때가 그래요. 바닷가에서는 몇 시간을 그냥 가만히 앉아 있어도 전혀 그 시간을 낭비한 것 같지가 않습니다. 머릿속을 정리하고, 미래의 삶을 설정하고, 순수함과 가까워지고, 인내를 배웁니다. 바다는 또 차분한 어조로 삶은 서로 나누는 것임을 가르쳐 주기도 합니다.

최근에 울어 본 적이 언제인가요? 오랫동안 울어 보지 않았다면 바다로 떠나 보기를 권합니다. 그리고 모래밭을 천천히 걸어 보기를 바랍니다. 그때 마음에 천천히 고이는 것이 있습니다. 가장 소중한 이름 하나, 가장 소중한 장소 한 곳. 천천히, 아주 천천히 우리 마음을 감동으로 채우는 그 이름, 그 장소 하나가 영혼에 희망을 불러다 줄 겁니다. 하늘에 누군가 모닥불을 지핀 것처럼 석양이 타오를 때 그 희망이 당신의 마음에 등 하나를 달아 줄 겁니다. 그 등불은 따뜻합니다.

달을 보면서
실은 그대를 보리라

썸머 스노우. 여름에 내리는 눈을 본 적 있으신가요?

썸머 스노우는 깊은 바다에서 플랑크톤이 죽어 하얗게 내리는 모습을 뜻하는데, 그 모습이 마치 눈이 내리는 모습과 같다고 합니다. 그래서 여름에도 볼 수 있는 눈, 그러니까 '썸머 스노우'라고 부릅니다.

만약 뜨거운 여름날에 갑자기 하얀 눈이 내린다면, 놀랍고 근사하겠지요.

사랑도 한여름에 내리는 눈처럼 그렇게 예고 없이 다가올 수 있습니다. 하지만 뜨거운 태양 아래 내리는 눈, 얼마나 빨리 녹아 사라질까요? 잡으려고 하면 사라지고, 쥐려고 하면 달아나는 여름날의 눈. 현실이 아닌 환상 속에서나 볼 수 있는, 그래서 허무한 여름날의 눈……. 어쩌면 연애의 속성이 그런 것 아닐까요?

한여름 밤 불꽃놀이 축제, 그중에 불발탄이 사랑이라는 시인도 있고, 연애란 반드시 헤어지는 것이라고 주장한 작가도 있습니다. 그러나 연애가 헤어짐을 전제로 한다면 사랑은 결코 헤어지지 않는 것이라고 덧붙이고 있습니다. 죽음이 갈라놓기 전에는 절대 헤어지지 않는 것, 절대 갈라서지 못하는 것, 이것이 바로 사랑입니다.

연애보다 훨씬 상위 개념인 사랑을 했던 사람의 이야기가 있습니다. 포스트모더니즘과 탈식민주의 문학가 마이클 온다체의 『잉글리시 페이션트』. 영화로도 널리 알려진 작품입니다.

전쟁에 나간 아버지와 연인을 찾아 전쟁터에 자원한 한나는 아버지의 죽음을 지켜봐야 했고, 전쟁터에서 생긴 아이까지 잃어야 했습니다. 전쟁은 끝났지만 한나는 더 이상 살 가망이 없는 영국인 환자 알마시와 함께 폭탄이 남아 있을지도 모르는 빌라에 남습니다.

한편 한나가 사랑한 남자 카라바지오는 조국을 배신한 알마시를 찾아 원수를 갚기 위해 그 빌라에 오는데……. 알마시의 정체가 차츰차츰 드러납니다.

알마시는 사막에서 물의 지도를 그리는 사람이었습니다. 사막에서 전쟁해야 하는 참전국에게 물의 지도는 대단히 중요했고, 참전국의 쟁취 목표가 됩니다.

그런 어느 날 알마시는 친구의 아내인 캐서린을 사막에서 만납니

130　다. 캐서린은 시와 비를 사랑하는 여인이었지요.

사막을 사랑하는 알마시, 물을 사랑하는 캐서린…… 둘은 사랑에 빠져듭니다.

캐서린은 알마시에게 말합니다.

"당신이 나를 사랑해 준다면 그 일을 숨기지 않겠어요. 내가 당신을 사랑한다면 그 일을 숨기지 않겠어요."

알마시는 완전히 소유할 수 없는 여자 캐서린의 목에서 움푹 들어간 곳을 '알마시 해협'이라고 이름을 붙입니다.

"여기…… 여기만큼은 내 소유야."

그러면서도 알마시는 자기가 가장 미워하는 것은 '소유권'이라고 말합니다. 그렇게 소유할 수 없는 사람을 소유하고 싶어 하는 마음은 쓸쓸하고 허망한 것입니다.

알마시는 캐서린을 품고 물어봅니다.

"가장 행복한 때는 언제요?"

캐서린은 대답합니다.

"지금."

알마시가 다시 묻습니다.

"가장 불행한 때는?"

캐서린은 대답합니다.

"지금."

캐서린에게 그와 함께 있는 시간은 가장 행복한 시간이기도, 가장 불행한 시간이기도 합니다.

그 후 그녀의 남편은 알마시와 아내의 관계를 눈치챕니다. 그리고 맹렬한 질투심 때문에 사막 위에서 일부러 비행기를 추락시켜 버립니다. 그 비행기에 타고 있던 캐서린은 많이 다칩니다. 사고 소식을 접한 알마시는 절규하며 캐서린을 동굴로 옮깁니다. 그는 그녀를 따뜻하게 해 주려고 낙하산으로 감싸고 불을 피워 아카시아 나뭇가지를 태우면서 동굴 구석구석까지 연기를 가득 채워 넣습니다. 캐서린은 중상을 입었습니다. 약을 구해 와야 합니다. 그래야 그녀를 살릴 수 있습니다. 알마시는 그녀에게 말합니다.

"도움을 청하러 가야 해, 캐서린. 돌아올게…… 빨리 돌아올게."

알마시는 거의 미치광이처럼 그녀의 이름을 외치면서 그녀를 구해 줄 사람을 찾아다닙니다. 결국 알마시는 중요한 군사 정보를 독일군에게 팔아넘기고 맙니다. 오직 사랑하는 여인 캐서린을 구하기 위해서…….

알마시는 어렵게 그녀를 구하러 동굴로 갑니다. 그러나 캐서린은 그를 기다리다가 죽어 간 후였습니다. 알마시는 오열하며 캐서린을 안고 달빛이 있는 사막으로 걸어 들어갑니다.

사막을 사랑한 영국인 환자는 말합니다.

"사막은 뺏거나 소유할 수 없다."

멀리서 보면 사막은 아름답습니다. 그러나 사막에서는 한시도 딴 눈을 팔 수 없습니다. 너무나 변화무쌍하기 때문입니다.

사랑도 언제나 난간 위를 걷는 곡예와 같습니다. 우리가 사는 일 역시 한시도 마음을 놓을 수 없는 사막과 같습니다.

소유할 수 없어서, 손에 쥘 수 없어서 애가 타는 사랑…… 앞을 알 수가 없어서 속이 타는 인생. 그러나 사막과 같은 삶에는 지도가 숨겨져 있습니다. 물의 지도입니다.

당신 삶에도 물의 지도와 같은 그런 존재…… 있으신가요?

팔베개 위에서 잠든 사랑하는 사람, 그 사람이 깰까 봐 팔을 움직이지 못하고 밤을 새워 본 적이 있다면, 무릎을 그 사람에게 내주고 그 무릎의 편안함을 최대한 더해 주기 위해 움직이지 않고 밤을 새워 본 적이 있다면…… 아니, 모든 시간을 그 사람에게 내주고 그 사람을 위해 밤을 새워 무슨 일인가를 해 본 적이 있다면, 그렇다면 이미 사랑이 무엇인지를 알고 있겠지요. 그리고 사랑이 있으면 무서울 것도, 두려울 것도 없다는 것을 이미 눈치채고 있겠지요.

누군가의 전화번호부에서 내 이름이 지워집니다. 연락이 뜸해집니다. 혼자 있는 시간이 늘어 갑니다. 외로움의 공간이 늘어 갑니다. 늙습니다. 죽습니다. 잊혀 갑니다……. 세월이 흘러 죽고, 나 없는 세상에서 다른 이는 잘만 살아가고, 그들의 기억에서 지워져 가고, 잊혀 간다는 것…….

한창 청춘일 때는 잊힌다는 것의 의미를 알지 못했습니다. 그러나 이제 잊힌다는 것의 공포가 뭔지 조금은 알 것 같습니다. 그것은 곧 죽음의 공포입니다.

사람이 죽으면 왜 무덤을 만드는지 예전에는 이해하지 못했습니다. 왜 기념관을 만드는지도 이해하지 못했습니다. 그러나 이제는 알 것 같습니다. 죽어도 잊히고 싶지 않은 마음, 죽어도 누군가는 찾아와 주기를 바라는 마음 때문에 무덤을 만들고 기념관을 세웁니다. 물

134　망초의 꽃말처럼 '나를 잊지 말아 달라'는 말은 이 세상에서 가장 애
절한 부탁입니다.

　　세상에서 가장 불쌍한 여자는 어떤 여자일까요? 프랑스 화가이자
시인 마리 로랑생은 세상에서 가장 가엾은 여자는 '잊힌 여인'이라고
시를 썼습니다.

　　권태로운 여인보다 더 가엾은 여인은
　　슬픔에 젖은 여인이에요.

　　슬픔에 젖은 여인보다 더 가엾은 여인은
　　불행한 여인이에요.

　　쓸쓸한 여인보다 더 가엾은 여인은
　　버려진 여인이에요.

　　버려진 여인보다 더 가엾은 여인은
　　떠도는 여인이에요.

　　떠도는 여인보다 더 가엾은 여인은
　　쫓겨난 여인이에요.

쫓겨난 여인보다 더 가엾은 여인은

죽은 여인이에요.

죽은 여인보다 더 가엾은 여인은

잊힌 여인이에요.

잊힌 여인이고 싶지 않은 마음을 시로 남긴 마리 로랑생. 그녀의 그림은 슬프도록 아름답습니다. 그녀는 주로 꿈꾸는 듯 아련한 눈매를 가진 여인을 화폭에 담아냈지요. 잿빛이 도는 은은한 파스텔 톤 색감으로 단아하고 청초한 여인의 자태를 그려 낸 마리 로랑생. 그녀의 그림을 보면 뇌가 섹시해지는 기분이 듭니다.

마리 로랑생은 1883년, 파리에서 사생아로 태어났습니다. 숨겨진 여자였던 그녀의 어머니를 따라 마리 로랑생도 고독하게 살아야 했지요. 화가와 시인들이 가난한 공동생활을 하던 곳에서 마리 로랑생은 피카소의 소개로 시인 기욤 아폴리네르를 만났습니다. 그 역시 사생아로 태어난 사람. 두 사람은 사생아라는 공통점 때문인지 만나자마자 사랑에 빠졌습니다.

아폴리네르를 사랑하던 시기에 마리 로랑생은 가장 뛰어난 그림을 그렸습니다. 아폴리네르 역시 같은 시기에 가장 훌륭한 시를 쏟아 냈습니다. 그렇게 예술의 절정에 있을 때 강 하나를 사이에 두고 살던 두 사람은 결별해야 했지요. 사랑을 잃어버린 후 집으로 돌아오기 위

 해 다리를 건너던 아폴리네르는 다리에 멈춰 서서 「미라보 다리」라는
시를 썼습니다.

    미라보 다리 아래 세느 강은 흐르고

    우리의 사랑도 흐른다.

    내 마음 깊이 아로 새기리

    기쁨은 언제나 고통 위에 온다는 것을

사랑하는 여인과 아프게 이별해야 했던 그는 시를 이어 갔습니다.

    나날은 흘러가고 달도 흐르고

    지나간 세월도 흘러만 간다.

    우리의 사랑은 가서는 오지 않고

    미라보 다리 아래 센 강만 흐른다.

그들은 사랑했지만 그렇게 헤어지고 난 후엔 다시 만날 수 없었습
니다. 마리 로랑생이 돌연 독일인과 결혼한 뒤 얼마 지나지 않아 제
1차 세계대전이 일어났습니다. 결혼과 동시에 독일인으로 국적이 바
뀌어 버린 마리 로랑생은 더 이상 프랑스에 머물 수 없었지요. 전쟁
동안에는 스페인에서, 종전 후에는 독일에서 유배나 다름없는 생활
을 해야 했던 마리 로랑생. 그녀는 독일인 남편과 이혼하고 귀국 허
락을 받았습니다. 그러다 보니 그녀는 서른일곱이 되고 말았습니다.

연인을 다시 만날 꿈에 부풀어 돌아왔습니다. 그러나 아폴리네르는 전쟁 중에 세상을 떠나 버린 후였지요.

그 후 그녀는 일흔이 넘는 날까지 오직 그림에만 매달려 살았습니다. 그리고 죽음을 눈앞에 두었습니다. 마리 로랑생은 유언을 남겼습니다.

"하얀 드레스를 입혀 주세요. 그리고 빨간 장미와 아폴리네르의 편지를 가슴에 올려 주세요."

그녀가 평생 이루고 싶었던 사랑, 그것은 오직 아폴리네르와 나누는 사랑이었습니다. 한번 헤어지고 난 후 영영 다시는 만날 수 없었던 그녀의 사랑은 그렇게 끝이 났습니다.

그녀의 그림 중에서 가장 유명한 그림은 패션 디자이너 코코 샤넬을 그린 〈샤넬 여인의 초상화〉입니다. 샤넬은 이 초상화를 거절했지요. 자신과 많이 닮지 않았다는 것이 그 이유였습니다. 그러나 이 그림은 아름답습니다. 꿈꾸는 듯 멀리 보고 있는 시선, 부드럽게 흐르는 듯한 색채……. 이 그림의 나른한 느낌은 다른 여인을 그린 그림에도 스며들어 있습니다.

마리 로랑생의 가슴에 평생 남아 있는 아폴리네르를 향한 사랑, 그 때문이었을까요? 그녀의 그림은 어쩐지 외롭습니다. 아련한 그리움과 애달픈 회한이 어려 있습니다.

그런데 러시아 가수 안나 게르만은 〈빛나라 빛나라 내 별이여〉라

 는 노래에서 선언합니다.

너는 내 지친 영혼 안에서 영원히 잊히지 않을 거야.

잊힐 거라고 두려워하기보다 내가 간직하면 되지 않을까요? 내 마음에 별처럼 남아 있다면, 내가 잊지 않는다면, 그렇다면 이별한 게 아니에요. 사라지는 게 아니라 간직되는 것일 테니까요.

사랑에 눈이 멀고 귀가 멀다

어니스트 톰슨 시튼의 책 『시튼 동물기』

🖌 멜로 쓰기 힘든 시절입니다. 멜로의 기초는 애절함인데, 애타고 애달프고 애끓고 애처로운 것이 연애인데, 이제 그런 것들이 구닥다리가 되어 버렸습니다.

한눈에 사랑에 빠지고, 쿨하게 보내 버리는 사람. 천천히 사랑에 물들고, 떠나려는 사람에게 바짓가랑이를 붙잡고 가지 말라고 애원하는 사람. 이 중에 누가 진짜 사랑을 한 걸까요?

이별한 후 새로운 사랑에 금세 빠지는 사람. 헤어지고 난 후 세상과 등지고 고독에 빠지는 사람. 이 중에 누가 진짜 사랑을 한 걸까요?

차가운 거품이 이는 산뜻한 맥주 같은 사랑도 좋지만 오래오래 달이고 끓인 뚝배기 같은 사랑이 그리워지는 건 시대 탓일까요, 계절 탓일까요?

좀 더 삼류적으로 비감해지는 사랑, 원색의 현란한 꿈의 밧줄을 사랑에 걸 줄 아는 사랑. 그 사람이 없으면 이 세상 모든 것이 무의미하고 아무런 평화도 아름다움도 없는, 신파적인 그런 사랑이 그립습니다. 어쩌면 가장 통속적으로 사랑하는 것이 가장 사랑을 잘하는 것은 아닐까요?

설렘, 떨림…… 이런 감정이 그리워지고 절절한 사랑 이야기가 기다려지던 어느 날 뜻밖에도 동물 이야기에서 그런 스토리를 발견했습니다.

가엾은 늙은 영웅이여!
너는 사랑하는 브랭카를 찾기 위해 애를 태웠다.
그리고 그 주검의 냄새를 좇는 데 넋을 잃고 헤매다가 급기야는 덫에 걸리고 만 것이다.

자신을 '검은 늑대'라고 불렀던 어니스트 톰슨 시튼의 『시튼 동물기』에 나오는 대목입니다.

시튼은 캐나다 원시림에서 어린 시절을 보내며 동물과 친해졌습니다. 그가 1898년에 발표한 『내가 알던 야생 동물』은 뜨거운 갈채를 받았고, 이어서 40편이 넘는 동물 이야기를 쓰고 삽화도 직접 그렸습니다. 『시튼 동물기』의 주인공은 모두 실제 있었던 동물입니다. 새의 깃털 수를 일일이 세어서 4,915개라는 것을 알아낼 정도로 꼼꼼했던 시튼은 오랫동안 동물을 관찰하면서 직접 보고, 듣고, 체험한 것을 바탕으로 동물의 삶을 담았습니다.

그중에서 『로보, 카람포의 이리왕』은 특히 유명합니다.

미국 서남부 뉴멕시코주의 북쪽에 있는 카람포 고원. 드넓은 초원에는 소와 양 떼들이 무리지어 있고, 높다란 언덕이 물결 모양으로 펼쳐져 있는 카람포에는 오랫동안 힘을 과시하는 왕이 있습니다. 그는 늙은 회색 이리로, 그곳 토박이는 그를 '로보 대왕' 또는 '대왕'이라고 부릅니다.

로보 대왕의 우렁찬 울음소리가 좁다란 골짜기에 울려 퍼지면 목장지기는 깜짝 놀라 몸을 일으키며 내일 아침이면 참혹한 주검으로 변해 있을 소와 양 떼 모습을 떠올리며 끔찍해 합니다. 로보와 그 부하인 약탈자의 털빛은 윤기가 넘쳐흘렀는데, 아무리 맛있는 먹이라도 죽거나 병든 것은 거들떠보지 않습니다.

목장 주인은 로보와 그의 부하 중 한 마리라도 잡고 말겠다는 의지를 불태우고 있습니다. 로보의 목에는 막대한 현상금이 걸릴 정도였지요.

로보가 거느리는 부하 중에는 아름다운 흰색 이리가 있습니다. 멕시코 사람들은 그것을 '하얗다'는 뜻의 '브랭카'라고 부릅니다. 사람들은 이 이리를 '로보의 아내'라고 했습니다.

어느 날 브랭카가 덫에 걸려들고 맙니다. 순백색의 고운 털에 감싸여 있는 아름다운 이리 브랭카는 덫에 걸려들자 큰소리로 울부짖습니다. 그 포효가 골짜기로 길게 울려 퍼지자 저 멀리 고원 쪽에서 그 소리에 화답이라도 하듯 로보 대왕의 울부짖음이 들려옵니다.

브랭카가 비참한 최후를 맞이하는 순간에도 로보의 울부짖음은 계속 들려옵니다. 로보는 먼 고원 길을 헤매면서 브랭카를 찾고 있습니다. 해가 저물자 로보의 울부짖음 소리가 점점 더 가까워집니다. 그 소리에는 진한 슬픔이 담겨 있습니다. 사나운 도전의 외침이 아니라 길게 호소하는 듯한 외침입니다. "브랭카! 브랭카……!" 이렇게 부르는 것 같습니다.

로보 대왕은 브랭카를 찾기 위해 넋을 잃고 헤매다가 그만 덫에 걸려들고 맙니다. 로보는 브랭카가 죽었다는 것을 알자 모든 힘을 놓아 버리고 그가 군림하던 왕국을 망연히 바라볼 뿐입니다.

로보 대왕의 종말은 이렇습니다.

힘을 빼앗긴 사자, 자유를 잃어버린 독수리, 아내를 잃어버린 비둘기, 그것은 상심이 극에 달하면 죽는다고 한다.
아무리 흉포한 이리왕이라도 그 충격을 이겨 낼 수 없었다.

로보의 영혼은 서서히 빠져나가 결국 죽고 맙니다. 로보 대왕을 브랭카의 주검 옆에 눕히며 카우보이는 중얼거립니다.
"그렇게도 마누라 곁에 있고 싶어 하더니 결국은 그대로 되었군."

사랑 앞에서는 힘도 권력도 아무 소용이 없습니다. 사랑하는 이가 있는 곳이 아무리 위험한 곳이라고 해도, 그곳으로 가면 죽는다는 것을 알면서도, 발길이 끌리는 것은 어쩔 수 없습니다. 마치 불꽃을 사랑하는 나방이 불길을 향해 뛰어들어 최후를 맞는 것처럼 로보는 사랑 때문에 최후를 맞습니다.

그곳이 수렁인 줄 모르지 않으면서도, 죽음의 절벽인 줄 알면서도, 파멸의 낭떠러지인 줄 알면서도 그곳으로 끌려드는 일. 삶의 평형 감각도 사라지고, 꿈의 공간 감각이 없어지고, 눈이 멀고 귀가 멀어 오직 사랑하는 이밖에 보이지 않는 것. 그것이 사랑이 지닌 잔인한 운명성인가 봅니다.

문득 영화 〈조 블랙의 사랑〉에서 아버지가 딸에게 말해 주던 대사가 생각납니다.

"사랑은 정열이야. 그 사람 없이는 단 하루도 살 수 없어야 그게 사랑이야. 푹 빠져서 서로 헤어 나올 수 없어야 해."

그러면서 아버지는 말하지요.

"서로 미치도록 사랑할 사람을 찾도록 해 봐. 머리가 아닌 마음으로 찾아봐. 진실한 사랑을 못해 본 사람은 제대로 살았다고 할 수 없어."

당신은 내 모든 것이라고, 당신만 있으면 내 인생에 다른 건 아무것도 필요하지 않다고. 이렇게 자신 있게 말할 수 있는 사랑, 느껴 본 적 있으신가요? 이런 사랑을 했던 사람은 축복 받은 사람입니다. 지금 사랑하고 있는 사람은 더할 나위 없는 축복을 받고 있는 사람입니다. 이런 사랑을 꿈꾸는 사람 역시 행복한 사람입니다.

인생의 진정한 해피엔드는 단 한 순간이라도 진실한 사랑을 했는가에 달려 있습니다. 사랑해 본 이는 삶의 행운을 얻은 사람입니다. 아직 사랑하지 않은 사람은 행운을 기다리는 사람입니다.

💧 "어떤 사람과 결혼하면 좋을까요?"

이런 질문을 하는 제자에게 이렇게 말해 준 적이 있습니다. 늙어서 병들었을 때 그 사람이 내 곁에서 어떻게 하고 있을까를 떠올려 보라고. 심지어 치매 같은 병에 걸려서 정신줄을 놓아 버릴 지경이 되었을 때, 그 사람은 내 곁에서 어떻게 하고 있을까, 그것이 반려자의 조건이라고.

아름답고 젊고 잘나가는 시절에 같이 있어 주는 것은 쉽습니다. 쉬운 것은 사랑이 아닙니다. 단지 매혹일 뿐입니다. 그런데 세월이 지나는 동안 젊음은 사라지고 주름살이 늘어 가고 어느 날 갑자기 병이 찾아옵니다. 인간의 힘으로 어쩔 수 없는 질병의 그림자. 그것은 두 사람에게 동시에 다가오지 않습니다. 어느 한 사람에게 먼저 다가오

 지요. 그러면 나머지 한 사람은 그 사람 곁에서 무엇을 해 줄 수 있을 까요?

사랑을 너무 쉽게 말하는 이 시대에 사랑이란 과연 무엇일까에 대해 깊은 사유를 던져 주는 영화가 있습니다. 미하엘 하네케 감독의 〈아무르〉.

'아무르amour'는 프랑스어로 '사랑'을 뜻합니다. 영화의 메시지가 제목 자체에 이미 녹아들어 있지요. 2012년 칸영화제 최고상인 황금 종려상을 수상한 이 영화에서 남편 조르주를 연기한 장 루이 트랑티냥은 1930년생, 아내 안느를 연기한 엠마누엘 리바는 1927년생입니다. 그들은 사랑의 무게를, 인생의 깊이를, 이별의 선택을 묵직한 울림으로 전해 줍니다.

영화가 시작되면 갑자기 문을 부수며 경찰이 집 안으로 들어옵니다. 경찰은 집 안을 둘러보다가 침실로 갑니다. 그곳에는 한 할머니가 누워 있습니다. 그녀는 아름다운 드레스를 입고 있고 그녀 주변에는 꽃으로 장식되어 있습니다. 그러나 그녀 주변을 아름답게 수놓은 꽃은 시들어 있고 그녀는 죽어 있습니다. 그녀는 왜 그렇게 죽어 갔을까요.

화면이 바뀌면 음악회 관객석에 가득 찬 사람들에게 카메라가 다가갑니다. 80대의 노부부 조르주와 안느는 수많은 관객 속에 앉아 있습니다. 음악회가 끝나고 조르주와 안느는 연주자와 만나 인사를 나

눕니다. 집으로 돌아오는 버스 안 노부부, 얘기를 나누는 그들의 모습이 아름답습니다.

그날 밤 조르주가 잠을 자는데 옆에서 인기척이 느껴집니다. 눈을 떠보니 안느가 멍하니 깨어 앉아 있습니다. 그것이 병의 시작이었지요.

다음 날 아침 식사를 하며 조르주는 안느에게 이야기를 들려줍니다. 그런데 안느가 대답하지 않고 멍하니 앉아만 있습니다. 당황한 조르주는 젖은 수건으로 얼굴을 닦아 줍니다. 그러나 안느는 미동도 하지 않습니다.

안느는 병원에 입원했다가 퇴원합니다. 휠체어를 타고 집으로 돌아온 안느는 조르주에게 부탁합니다.

"이제 다시는 병원에 입원시키지 말아주세요."

조르주는 그러겠다고 대답합니다.

그 후 안느의 병은 깊어 갑니다. 안느는 몸이 점점 마비되어 가는 것을 극도로 창피해 합니다. 병이 깊어지면서 그녀는 점점 사람을 만나려 하지 않습니다.

피아니스트였던 그녀는 제자가 찾아와도 그녀의 병에 대해서는 절대 얘기하지 않습니다. 병으로 점점 추해지는 자기 자신에 대한 수치심, 죽음에 대한 공포는 점점 더 깊어 갑니다.

조르주는 불성실한 간병인을 해고해 버립니다. 그리고 아내의 간병을 도맡아 하게 됩니다. 조르주 역시 늙어서 운신도 힘든 나이, 그런 몸으로 아내를 돌보는 일이 쉽지 않습니다. 물을 마시지 않고 뱉어 내는 안느의 뺨을 때리는 조르주. 더는 살고 싶어 하지 않는 아내를 돌보는 일이 벅찹니다. 조르주는 이제 자기 자신마저 두려워지기 시작합니다.

딸 에바가 찾아와 엉엉 울며 엄마를 저렇게 둘 거냐며 아버지를 닦달합니다. 그러나 조르주는 아내를 요양 병원에 보낼 수 없습니다. 그것은 아내와 한 약속입니다. 병이 더 깊어져 이제는 아무것도 할 수 없는 아내, 그녀를 위해 더는 아무것도 해 줄 수 없는 남편. 그들에게 절망의 시간이 다가옵니다. 젊고 아름다웠던 시절, 아내의 아름다운 연주를 떠올리던 조르주는 언제나처럼 아내에게 옛이야기를 들려줍니다. 그리고 더는 살고 싶어 하지 않는 아내의 소원을 들어줍니다.

조르주는 안느가 한창 젊었을 때 연주하며 입었던 아름다운 드레스를 입히고 침대에 눕힙니다. 그리고 그녀 주변에 꽃을 뿌립니다. 그녀의 영혼 같은 비둘기가 창으로 들어옵니다. 조르주는 그 비둘기를 잡아 품에 안았다가 밖으로 내보내 줍니다. 마치 아내의 영혼을 더는 붙잡아 두지 않으려는 듯……

조르주는 안느에게 편지를 씁니다. 당신을 그렇게 보내 미안하다는, 용서를 구하거나 회한이 어린 편지가 아닙니다. 그저 언제나처럼 들려주었던 일상 이야기를 씁니다. 부부의 이야기는 삶과 죽음의 경계를 넘어서 이어 갑니다.

헤밍웨이가 그랬던가요. 서로 사랑한다면 그 사랑에는 해피엔드가 없다고. 어느 한 사람의 마음이 먼저 변해 버려 슬픈 결말을 맞기도 하고, 어느 한 사람이 먼저 죽음을 맞아서 슬픈 결말을 맞기도 하는 것, 그것이 사랑이라고.

그 사람 입술이 장미꽃잎으로 보이고 우리 사랑을 위해 밤새 장미가 피어나는 것으로 착각하는 현상, 바로 사랑이지요. 모든 것이 시로 보이는 때, 바로 사랑에 빠진 순간입니다. 그래서 사랑하는 사람은 누구나 시인이 됩니다. 사랑하는 마음으로 하늘을 보면 구름은 통,통,통 피아노 소리로 울려서 사랑하는 이에게 도달하는 푸른 음표가 됩니다. 장미를 보면 마음에 화사하게 폭발하는 내 사랑처럼 느껴지고, 사랑하는 마음으로 노래를 들으면 그대로 자신의 마음을 옮겨 놓은 것 같아 가슴이 떨립니다. 내리는 비는 그 사람을 마음에 불러들이는 도구가 되어 주고, 세상 사람 모두 내 사랑을 도와주는 천사처럼 보입니다.

사랑하는 순간, 시가 저절로 터져 나오는 그 '삶의 절정'을 지나 우리는 늙어 갑니다. 사랑도 이별을 향해 갑니다. 아무리 사랑하는 사이라고 해도 두 사람 중 한 사람이 먼저 죽습니다.

늙는다는 것은 무엇일까요? 죽음이란 무엇일까요? 사랑은 무엇일까요? 이별은 또 무엇일까요?

시간 속에 흐르는 사랑, 사랑 속에 흐르는 시간……. 가슴이 아립니다.

두 눈이 멀어 버린 맹목의 사랑

봄의 과수원으로 오세요.

꽃과 촛불과 술이 있어요.

당신이 안 오신다면

이것들이 다 무슨 소용이겠어요.

당신이 오신다면

또한 이 모든 것이 다 무슨 소용이겠어요.

나는 모임에 가면 이 시를 즐겨 낭송합니다. 「봄의 과수원으로 오
세요」라는 페르시아 시인 루미의 시입니다.

그 어떤 아름다움도 그 사람이 없으면 아무 소용이 없고, 그 사람
만 있으면 세상 그 어떤 아름다움도 눈에 들어오지 않고……. 그 사
람 하나면 다 좋고 그 사람이 없으면 다 싫은 것. 그것이 사랑입니다.

그 사람이 내 마음의 의자를 차지하고 앉은 날 그날부터 다른 사람은 어느 누구도 의자에 대신 앉을 수 없습니다. 빈 의자가 되는 것도 상상할 수 없습니다. 길을 걸을 때 빈손을 잡아 줄 이도 오직 그 사람이어야 하고, 아프면 뜨거운 이마를 짚어 줄 사람도 오직 그 사람이어야 합니다. 그 사람의 전화 말고는 그 어떤 전화도 반갑지 않고, 그 사람과 함께하는 자리가 아니면 그리 흥미롭지 않습니다. 그 사람과 함께하지 않을 때도 세상엔 온통 그 사람뿐이고, 그 사람과 함께 있으면 아무도 보이지 않습니다.

아무도 안 보이고 오직 한 사람만 보이는 '맹목'의 사랑. 그래서 미와 사랑의 여신 비너스상도 눈동자가 없는 '맹목'의 눈인 걸까요?

그런데 두 연인이 얼굴에 천을 뒤집어쓰고 키스를 나누는 그림이 있습니다. 르네 마그리트의 〈연인〉이라는 그림입니다.

"예술은 미스터리를 만들어 낸다. 미스터리 없는 세상은 존재하지 않는다."

초현실주의 화가 르네 마그리트가 했던 말처럼 그의 작품은 상상으로 가득합니다. 1898년 벨기에에서 태어난 그는 항상 중절모를 쓰고 그림을 그렸다고 전해집니다.

그의 그림 속에서 두 연인은 왜 흰 보자기를 뒤집어쓰고 있을까요? 눈이 멀고 귀가 멀고 숨이 막히는 사랑을 표현하고 싶었을까요, 아니면 사랑의 허망함과 잔인함을 담고 싶었을까요?

그는 어린 시절 어머니가 강가에 투신해서 세상을 떠났다고 합니다. 강에 빠진 어머니가 건져 올려지는 순간, 드레스로 얼굴을 덮은 어머니의 모습은 그의 뇌리에 충격적으로 각인되었습니다. 어머니의 죽음과 그림 속의 연인, 연관성이 있을지도 모릅니다. 그렇다면 그에게 사랑은 아픔인지도 모릅니다. 죽음과 같은 고뇌인지도 모릅니다.

그러나 그림은 보는 이의 것. 나는 이 그림을 낭만적으로 보고 싶습니다. 사랑하면 눈에 콩깍지가 쓰입니다. 사랑하기 전에는 그의 단점이 보입니다. 허점이 보입니다. 그러나 사랑하고 나면 단점이 안 보입니다. 허점도 찾아볼 수 없습니다. 아니, 그런 걸 찾아볼 의도 자체가 없어집니다. 그냥 두 눈 감고 싶어집니다.

두 눈 감지 않고 어떻게 사랑에 빠질 수 있겠어요? 물론 나는 '빠진다'는 표현을 좋아하지 않습니다. '사랑에 빠진다'보다 '사랑한다'는 표현이 옳습니다. 그러나 그곳이 물웅덩이인 줄 알면서 풍덩 뛰어드는 사랑도 분명 있습니다. 사랑하는 순간은 두 사람 모두 얼굴에 흰 보자기를 뒤집어쓴 상태인지도 모릅니다. 눈 감고 귀 닫고 말을 못하는 사랑, 어쩌면 그것이 진짜인지도 모릅니다.

눈이 멀어서 다른 사람은 보이지 않고 평생 한 사람만 보이는 안경이 있습니다. 귀가 멀어서 다른 소리는 들리지 않고 오직 한 사람의 목소리만 들리는 보청기가 있습니다.

잊고 살다가도 한 순간 치통처럼 앓아야 하는 기억이 있고, 다른 사랑을 하다가도 어느 순간 위경련처럼 급습하는 통증이 있습니다. 그러므로 '사랑은 영원하지 않다.'는 말은 수정해야 하는지도 모릅니다. '사랑은 시작은 있지만 끝이 없는 중독'이라고.

발코니의 푸른 풍경이 흔들릴 때 바람이 한숨지으며 지나가고 있음을 당신이 믿는다면 내가 푸른 나뭇잎 사이에 숨어 한숨짓고 있음을 알아 달라고……. 등 뒤에서 알 수 없는 희미한 소리가 울려올 때 아득한 목소리가 당신 이름을 부르고 있음을 믿는다면 당신 주위의 그림자 사이에서 내가 부르고 있음을 알아 달라고……. 한밤중에 갈증과 목마름으로 입술이 타고 두려움으로 심장이 두근거릴 때 보이지는 않지만 당신 곁에서 내가 숨 쉬고 있음을 알아 달라고……. 그렇게 노래한 스페인 시인 베케로의 시처럼 눈에 보이지는 않지만 언제나 내 곁에 있는 그런 사람……. 당신 삶에서 만나 보셨는지요.

그러나 사랑이 과연 행복하기만 할까요. 사랑할 때는 무한한 기쁨을 그 사람에게서 얻습니다. 하지만 이별할 때는 끝없는 고통을 받아야 합니다. 사랑할 때는 미래가 무지갯빛임을 그 사람이 가르쳐 줍니다. 하지만 이별할 때는 미래는 컴컴한 잿빛일 뿐이라고 일러 줍니다. 사랑할 때는 내 꿈과 일의 성취감을 그 사람이 심어 줍니다. 하지만 이별할 때는 그 무엇도 무의미하다고 일러 줍니다.

사랑할 때와 이별할 때……. 그때의 느낌은 그렇게, 그 사람의 가슴 문에서 나와 내 가슴 문으로 걸어 들어옵니다. 그 느낌은 파편처럼 박히는 쓰디쓴 번뇌일지도 모릅니다. 사랑이 그토록 아픈데, 그런데도 사랑할 수밖에 없는 존재가 바로 우리입니다.

손으로는 밀어내는데 마음으로는 더 가까이 다가오는 사람. 그 사람을 생각하면 마음은 행복한데 가슴에는 통증이 일고 목이 메어 오는 사람. 결심은 잊겠다고 하는데 손은 그를 잡고 있고, 다짐은 이제 그만 가자고 하는데 발길은 차마 떨어지지 않는 사람. 단 한마디를 하면 가까워질 수 있는데 사랑한다는 말 한마디는 죽어도 못하는 사람.

그런 사람을 사랑하는 이의 가슴에는 이 계절, 경계령이 내려져 있습니다. 고독 주의보, 슬픔 경보, 아픔 특보가.

사막에서
오아시스를
발견하는 법

슬픔은 인생의 연금술

펄 벅의 소설 『피할 수 없는 슬픔』

슬픔이 닥치면 어떻게 그 슬픔을 마주해야 하느냐고, 그 사람이 묻더군요. 책을 많이 읽고 책을 많이 쓰는 사람이니 슬픔에 대응하는 자세를 좀 알려 달라고, 그 사람은 많이 아픈 얼굴로 물었습니다. 슬픔의 홍수로 가슴 한구석이 부서진 방파제처럼 무너진 그 사람 앞에서 내가 무슨 말을 해 줄 수 있었겠어요. 그냥 바들바들 떠는 그 사람의 손을 꾹 잡아 줄 뿐 아무런 말도 못해 줬습니다.

그런데 시간이 흐른 뒤 그 사람이 환해진 얼굴로 먼저 말했습니다.

"내가 원래 반항아 기질이 있어서 말야. 운명에 질 수가 있어야지. 울지 않고 웃으려고. 아주 신나게 살아 버리려고."

그 후로 그 사람을 아주 많이 존경하게 됐습니다.

그래요. 춥다고 웅크리면 더 오한이 들지만, 박차고 일어나 뛰면

이마에 땀이 납니다. 내게 주어진 운명이 가혹하다며 슬퍼하면 더 눈물이 나지만 이까짓 운명쯤이야 하고 거역해 버리면 가뿐해집니다. 내 사랑이 버겁다고 포기해 버리면 이별밖에 남지 않지만 중요한 것은 사랑이라며 보듬으면 함께 웃을 수 있습니다.

나에게 닥친 상황이 아무리 거센 바람이라고 해도 그 바람에 무너질 수 없다! 이렇게 생에 푸른 깃발을 꽂는 반항 정신이 필요합니다.

장편소설 『대지』로 1932년 노벨문학상을 받은 작가 펄 벅의 자전적 이야기 『피할 수 없는 슬픔』에는 눈물로 겪은 어머니의 진실한 기록이 들어 있습니다.

내가 이 이야기를 쓰려고 결심하기까지는 상당히 오랜 기간이 걸렸습니다. 이것은 지어낸 이야기가 아니라 실제로 있었던 일입니다.

펄 벅의 고백은 딸을 낳던 날의 감동으로 이어집니다.

중국인 간호사가 아기를 분홍 담요에 싸서 나에게 안겨 주었는데 정말로 아름다운 아기였습니다.

사람들은 모두 아기가 영리해 보인다고 입을 모았습니다. 그런데 자랄수록 아이가 이상했습니다. 의사가 여러 명 다녀갔고, 그들은 "아이에게 이상이 있는데 어디에 이상이 있는지는 정확히 알 수 없다.”고만 말했습니다.

그 후 어머니는 아이를 고쳐 줄 의사를 찾아 여기저기 다녔습니다. 미네소타주 로체스터 병원에서 의사가 단언했습니다.

“따님은 정확하게 말하지 못할 거예요. 글을 읽거나 쓰지도 못합니다. 평생 부인의 짐이 될 겁니다. 부인, 마음의 준비를 하세요.”

정신박약이라는 병명을 들었을 때 가슴에 절망의 피가 흘렀습니다.

만일 딸아이가 나보다 더 오래 살면 어떻게 될까? 누가 그 아이를 돌봐 줄까?

어머니는 “차라리 내 아이가 죽어 준다면 얼마나 좋을까.” 하고 마음속으로 몇 번이나 외쳤습니다. 죽음만이 딸아이를 영원히 안전하게 할 것 같았습니다.

그래도 우는 모습을 딸아이에게 보이지 않으려고 노력했습니다. 내가 울고 있으면 딸아이는 나를 빤히 바라보고 웃었기 때문입니다. 나는 아무것도 알지 못하는 딸아이의 웃음에 압도되었습니다.

어머니는 결국 절망의 밑바닥에서 기어 나오는 법을 배웠습니다. 그것은 ‘피할 수 없는 슬픔’을 받아들이는 것…… . 어머니는 그때부터

 딸과 모든 시간을 함께 보냈습니다.

어느 날 딸아이에게 글씨를 가르치는데, 아이의 손이 땀으로 흠뻑 젖어 있는 것을 보고 놀랐습니다. 아이는 오직 어머니를 기쁘게 하려는 마음에서 극도로 긴장하며 글자 쓰는 법을 배우려고 안간힘을 쓰고 있었습니다. 어머니는 가슴이 찢어지듯 아팠고, 책을 모두 버렸습니다. 그리고 이렇게 독백합니다.

아이도 인간입니다. 그러므로 행복하게 살 권리가 있을 것입니다.
그리고 그 아이에게 행복이란 지능 그대로 살아가는 것입니다.

그 후 딸아이가 행복할 수 있는 지도에 한계를 느낀 어머니는 오랜 세월 미국을 누비며 다닌 끝에 아이에게 맞는 학교를 택합니다. 엄마 손을 놓지 않으려는 딸아이와 간신히 이별하고 집에 온 어머니는 불면의 밤을 새우며, 참을 수 없어 달려가 딸아이를 만나고, 수많은 시행착오를 거치며 이런 생각을 정립합니다.

모든 인간은 평등하며 누구나 같은 권리를 갖고 있다는 것을 가르쳐 준 것은 내 딸아이였습니다. 만일 내가 이것을 이해할 기회를 갖지 못했더라면 나는 나보다 무능한 사람을 멸시하는 교만을 계속 지니고 살았겠지요. 딸아이는 지능이 인간의 전부가 아니라는 것도 가르쳐 주었습니다.

그리고 펄 벅은 썼습니다.

163

우리는 기쁨에서와 마찬가지로 슬픔에서도,

건강에서와 마찬가지로 질병에서도,

장점에서와 마찬가지로 단점에서도,

아마도 후자 쪽에서 더욱 많은 것을 배울 수 있습니다.

많은 사람이 옛날부터 되풀이해 온 그 외침, "왜 나여야만 해?"

지금도 어느 곳에선가 외치는 사람이 있습니다. 왜 나여야 하는지, 왜 내게 이런 일이 닥쳐야 하는지…….

다가온 슬픔에 대한 의문에 대답은 없습니다. 그런데 사람들은 그에 대한 대답을 스스로 만들어 냅니다. 슬픔에 지지 않고 더 행복할 수 있는 길을 선택해 나아갑니다.

어쩌면 우리에게 닥치는 슬픔은 인생의 연금술인지도 모릅니다. 슬픔 덕분에 아름답게 살아가는 법을 터득하게 되니까요.

슬픔 속에서 더 강해져 가는 사람…… 눈물을 흘린 후 더 깊어지는 사람…… 그런 사람은 용기 있는 사람입니다. 한때 눈물을 흘렸지만 그 슬픔에 지지 않고 웃는 사람, 그 사람은 강한 사람이고 그래서 정말 매력적입니다.

내 꿈을 현상 수배합니다

로버트 프로스트의 시 「가지 않은 길」

"나는 사실 내가 뭘 하고 싶은지 모르겠어. 뭘 잘하는지도 모르겠어."

친구가 하소연했습니다.

하고 싶은 걸 하며 사는 게 인생을 잘 사는 길이라는 것은 알지만, 살다 보면 그것조차 모르게 됩니다. 나 자신이 뭘 하고 싶은지, 내가 뭘 잘하는지 모르는 날이 옵니다.

꿈을 가졌던 시절에는 행복했습니다. 그 꿈 덕분에 설레고 행복했습니다. 그러나 살아갈수록 꿈을 잃어 갑니다. 꿈보다 현실에 내 삶의 자리를 내어 주게 됩니다. 그러면서 "사는 게 다 그런 거지 뭐." 하고 탄식하지요.

사는 게 다 그런 거지. 꿈은 사라지고, 떠나온 길은 멀고…….

사는 게 다 그렇지 뭐. 사랑은 떠나고, 현실만 남고……

사는 게 다 그런 거야. 소신은 사라지고, 비굴함만 쌓이고……

사는 건 다 거기서 거기. 황금주전자를 꿈꿨지만 콘플레이크뿐인 인생.

이렇게 체념이 쌓여 갈 때쯤 우리 삶은 더 이상 반짝이지 않습니다. 일상에서 물기가 사라집니다. 사는 게 시들해집니다. 삶이 지리멸렬해집니다. 가지 않은 길에 대한 미련만 쌓이며 후회와 한숨만 늘어 갑니다.

현대 미국 시인 중에서 가장 순수한 고전적 시인으로 꼽히는 로버트 프로스트. 케네디 대통령 취임식에서 자작시를 낭송했고, 퓰리처상을 네 번이나 수상한 미국의 계관시인이지요. 오랫동안 농장에서 생활한 경험을 살려 소박한 농민과 자연을 노래한 로버트 프로스트는 「가지 않은 길」을 썼습니다.

단풍이 물든 노란 숲 속에 길이 두 갈래로 나 있었습니다.
나는 두 길을 다 가지 못하는 것을 안타깝게
생각하면서, 오랫동안 갈래 길에 서서
숲 속으로 접어든 한쪽 길이 굽어져
보이지 않는 데까지 멀리 바라다보았습니다.

그러고는 한 길을 택했습니다.

그 길은 이전 길과 마찬가지로 아름답고

풀이 더 우거져 사람을 부르는 듯했습니다.

사람이 걸은 발자취가 적어서

더 걸어야 될 길이라고 나는 생각했던 거지요.

내가 걸으면 그 길도 거의 같아질 것이지만…….

그날 아침 두 길에는

아무런 자취도 없이

낙엽에 덮여 깨끗하게 있었습니다.

아, 나는 한 길은

다음 날을 위해 남겨 두었습니다.

그러나 길은 끝없이 뻗어 있는 것이어서

다시 돌아올 기약을 할 수 없었습니다.

오랜 세월이 흐른 뒤

나는 어디선가

한숨을 쉬며 이야기할 것입니다.

숲 속에 두 갈래 길이 있어,

나는 사람이 적게 간 길을 택했다고

그리고 그것 때문에 모든 것이 달라졌다고…….

사는 동안 가끔 우리는 가지 않은 길을 상상합니다. 그때 만일 그

 길을 선택했다면 나는 지금 어떤 삶을 살고 있을까…… 그때 그 사람을 선택했다면 나는 지금 어떤 인생을 꾸려 가고 있을까…….

두 갈래 길 모두 걸어 볼 수 있다면 좋겠지만 삶은 일회적이고 시간 역시 한 번밖에 주어지지 않습니다. 그래서 그 시간의 선택을 돌아보면서 아쉬워합니다. 한 번만 더 삶이 주어진다면 멋지게 살아 보고 싶다고…….

그러나 과거를 돌아보며 한숨 짓고 있을 수만은 없지요. 과거는 지나간 시간, 미래는 오지 않은 시간, 나에게 주어진 시간은 오직 현재뿐. 그러므로 가지 않은 길을 보며 한숨 짓기보다는 지금 걷고 있는 이 길을 뚜벅뚜벅 걸어가야 합니다.

그래서일까요. 로버트 프로스트는 「눈 내리는 밤 숲가에 멈춰 서서」에서 또 노래합니다.

숲은 어둡고 깊고 아름답다.
그러나 나는 지켜야 할 약속이 있다.
잠자기 전에 몇 십 리를 더 가야만 한다.
잠자기 전에 몇 십 리를 더 가야만 한다.

잠들기 전에 그러니까 죽음이 오기 전에 내가 들어선 숲길 몇 십 리를 더 가야 하는 의무. 다른 숲길에 들어서지 않은 것을 아쉬워하지도, 후회하지도 않으면서 그저 묵묵히 내가 택한 숲길을 걸어야 하는 사명. 그것이 우리 삶이 아름다운 이유겠지요.

내 마음에서 까치가 울 때, 내 머릿속에서 알람이 울릴 때, 가슴에서 종소리가 울릴 때, 심장에서 발자국 소리가 들릴 때, 내 생에 뭔가 다가오고 있다는 느낌……. 그런 느낌이 절실한 순간이 바로 생의 '하이라이트'. 그 순간은 바로 지금입니다.

미국 작가 헨리 데이비드 소로는 이런 말을 남겼습니다.

"자신을 들여다보라. 마음속에는 아직도 알려지지 않은 별이 천 개나 더 있다. 그곳으로 여행을 떠나라. 그리고 그 우주의 주인이 되라."

자기 자신을 들여다볼 줄 안다면 두려울 게 없다는 얘기입니다.

"내가 진정으로 원하는 것은 무엇인가?"

"나는 앞으로 무엇을 할 것인가?"

이 두 가지 물음에 망설임 없이 대답할 수 있는지요? 그렇다면 자신에게 당당해질 수 있습니다.

내가 정말 원하는 것이 무엇인지, 꿈의 행방부터 찾아볼 일입니다. 마음에 현상 수배문을 내걸어서라도 찾아봐야 합니다. 그래야 앞으로 무엇을 할 것인지 정할 수 있습니다.

그 후에는 그 길에 발자국을 힘차게 찍어야겠지요. 더는 가지 않은 길을 보며 한숨짓는 일은 사양해야겠지요.

기억은 지워져도
사랑은 지워지지 않는다

나이를 먹는 것의 징조는 가장 먼저 기억력에서 오는 듯합니다. 점점 절실히 느끼는 건 기억력이 없어져 간다는 사실입니다. 그런데 나는 그것이 결코 슬픈 일이라고 생각하지 않습니다. 만일 기억이 계속 늘어만 간다면 우리 뇌는 포화 상태가 되고 말겠지요. 더 많이, 더 오래 기억하고자 하는 것도 일종의 욕심입니다. 기억도 하나가 채워지면 하나는 버려야 합니다. 단, 좋은 기억은 간직하고 안 좋은 기억은 덜어 낸다면 얼마나 좋을까요? 이거야말로 과욕이겠지만.

어떤 시인은 "시간은 야박한 술집 주인과 같다."고 한탄하며 술값을 내고 빨리 나가라고 재촉한다고 슬퍼했습니다. 그리고 어느 프랑스 철학자는 말했지요.

시간은 지나가면서 우리를 닳아 없어지게 한다.

시간은 우리가 사랑하는 모든 것을 가져가 버린다.

그렇게 시간이 가져가 버린 것들을 생각하면 슬퍼집니다. 한때 찬란했던 젊음도 가져가 버리고 눈부셨던 아름다움도, 황홀했던 사랑도 가져가 버립니다. 뜨겁던 꿈도, 치열했던 의지도……. 시간은 여지없이 가져가 버립니다.

한여름 맹렬한 푸름을 과시하며 의기양양했던 나뭇잎이 가을이 되면 낙엽이 되어 비명을 지르며 추락하는 일, 어쩌면 우리 삶의 허망함과 같을 겁니다. 사실 흘러가 버린 시간은 형체가 없지요. 그래서 남아 있는 게 아무것도 없는 것처럼 느껴집니다.

그런데…… 순간순간 기억은 존재하지요. 기억이 없으면 어쩌면 시간은 애초부터 존재하지 않는 것인지도 모릅니다.

우리는 흘러가는 이 시간 속에 어떤 기억을 심어 가고 있을까요?

기억에 관한 깊은 사유를 던져 주는 영화가 있습니다. 〈이터널 선샤인〉. 미셸 공드리 감독이 연출하고 짐 캐리와 케이트 윈슬렛이 열연한 영화입니다.

이 영화는 두 연인의 사랑 이야기입니다. 두 사람은 서로 사랑했습니다. 그러나 시간이 흐를수록 서로 소중함을 느끼지 못하고 권태가 쌓이면서 이별합니다. 그 후 그들은 어떻게 되었을까요?

영화는 조엘이 아침에 깨어나는 데서 시작됩니다. 조엘은 그날 회사에 나가기 싫어집니다. 그는 바닷가로 갑니다. 그곳에서 파란 머리의 여자 클레멘타인을 만납니다.

"저를 알아요?"

클레멘타인이 조엘에게 묻습니다. 만난 적 없지만 어디선가 본 듯합니다. 알고 보니 두 사람은 이미 연인이었습니다. 그런데 그들이 사랑했던 기억이 모두 지워져 버렸습니다. 그날 아침 조엘이 갑자기 가고 싶었던 그곳은 바로, 그들이 예전에 처음 만나 사랑을 시작했던 바닷가였습니다.

조엘과 클레멘타인은 사랑했지만 시간이 갈수록 자주 다퉜습니다. 사랑이 시작될 때는 모든 것이 아름다웠지만 시간이 흐르면서 권태에 빠져들었습니다. 결국 그는 그녀에게서 이별을 통보 받았습니다. 그렇게 헤어진 후 그녀는 그를 사랑했던 기억 때문에 아파서 견딜 수가 없었습니다. 그래서 아픈 기억을 지워 준다는 회사를 찾아가 그에 대한 기억을 지워 달라고 합니다.

클레멘타인이 자신에 대한 기억을 모두 지웠다는 것을 알게 된 조엘은 홧김에 그 회사를 찾아가 자신도 그녀에 대한 기억을 지우려 합니다. 그의 기억 속에서 그녀에 대한 기억을 지우는 작업이 시작됩니다. 그런데 조엘은 기억이 지워지는 동안 소중한 추억을 지우려 한 것을 후회합니다. 그리고 필사적으로 기억이 지워지는 것을 막으려 합니다. 그러나 결국 그의 기억 속에서 그녀에 대한 부분이 사라지고 말지요.

사랑했던 사람에 대한 기억을 잃어버린 두 사람은 다시 운명처럼 만납니다. 그들은 서로 이끌리듯 둘이 처음 만났던 바닷가로 향합니다. 그리고 그곳에서 다시 만납니다. 뇌에 새겨진 기억이야 지워지고 없겠지만 심장에 새겨진 기억은 어쩔 수 없기에, 정신이 기억하는 것은 사라졌지만 몸이 기억하는 것은 지우지 못하기에, 그들은 또다시 서로 이끌립니다. 그리고 사랑을 시작합니다.

그럴 즈음, 두 사람은 알게 되지요. 그들은 이미 사랑했던 연인이었다는 것을. 그리고 심하게 다툰 후에 서로 헤어졌고, 그 기억이 너무 아파서 사랑했던 시간을 지워 버렸다는 것을……. 그들은 알고 말았습니다. 사랑은 그토록 지리멸렬하다는 것을…… 사랑의 시작은 달콤하지만 시간이 흐를수록 쓰디쓸 수 있다는 것을…….

그렇다면 두 사람은 사랑을 선택할까요, 아니면 그토록 아픈 사랑에서 도망치고 말까요?

그들은 사랑을 선택합니다.

사랑이 결국 권태로 가는 길이라 해도, 심장이 찢어지는 고통으로 가는 위험한 길이라 해도, 이글거리는 불구덩이가 뻔히 보여도 다시 뛰어듭니다.

사랑은 훗날 아픈 기억으로 남겨질지도 모릅니다. 사랑할수록 더 외로워질지도 모릅니다. 가슴이 아려서 심장 쪽을 부여잡고 우는 날이 올지도 모릅니다. 사랑의 길은 언제나 화사한 꽃길이 아니니까요.

 사랑은 안타깝고 또 아득하니까요. 8할이 슬픔인 것이 사랑이니까요. 그런데도 또다시 그들은 사랑을 시작합니다.

영화 속 대사가 가슴을 칩니다.

"최선을 다해 나를 잊지 마."

시간이 흐릅니다. 시간 속에 기억이 새겨집니다. 그 시간 속에 우리는 어떤 기억을 새겨 갈까요, 또 어떤 기억을 잊어 갈까요.

최선을 다해 좋은 기억을 만들기를…… 그 기억은 최선을 다해 잊지 말기를…….

시간이 주는 선물
앙드레 모루아의 책 『나이 드는 기술』

🌱 　내 나이에 내가 깜짝깜짝 놀랍니다. 나이를 묻는 질문이 언짢습니다. "세월 참 빠르다." 소리가 절로 나옵니다. 시간이 육상 선수처럼 달려갑니다. 우사인 볼트도 울고 갈 실력입니다. 흐르는 세월에 자꾸 눈을 흘기게 됩니다.

　무심한 세월이 안타까운 마음, 거기에는 두려움이 있습니다.

　그런데 그 두려움은 잘 따져 보면 외모 지상주의와 함께 서양에서 물 건너온 정서입니다. 우리 선조는 나이가 들었다는 사실을 참 자랑스럽게 생각했지요. 젊은 사람은 힘든 세월을 거쳐 온 어른을 무조건 존경했고, 그들에게 모든 특권과 영광을 돌렸습니다. 그렇게 노인이 존경 받고 대우 받는 시절이 있었습니다. 그런데 어느 사이엔가 젊음을 무슨 특권처럼 생각하고 나이 든 걸 마치 죄짓는 일처럼 부끄럽게 여기게 되었습니다.

이런 현상은 선진국일수록 더 강합니다. 선진국에서는 자기 학대와 우울증과 싸우며 노년을 외롭게 보내는 사람이 많다고 합니다. 생일을 따져 축하하기를 좋아하는 독일 사람도 예순이 넘으면 생일잔치도 안 한다고 하지요. 나이 먹은 것을 부끄럽고 슬프게 생각하기 때문입니다. 그러나 우리 민족은 환갑, 칠순 잔치를 크게 차리고 동네방네 소문내며 함께 모여 축하했습니다. 삶을 관조하면서 순환하는 것으로 받아들이는 느긋한 동양적 사고방식입니다.

그런데 나이 먹는 것이 언제부터 죄가 되었나요? 왜 나이 먹는 것이 부끄러운 일이 되어야 하나요?

세계적으로 유명한 프랑스 문필가 앙드레 모루아는 나이 드는 '기술'에 불어인 '아르art'를 썼습니다. 소양, 기술, 기교, 예술을 포괄하는 단어가 '아르'입니다. 그만큼 나이를 먹는 일은 힘들고, 힘든 만큼 중요한 과제라고 말해 주는 책이 앙드레 모루아의 『나이 드는 기술』입니다.

가을은 마치 맥베스를 포위한 군대처럼
누런 반점은 드러나지 않게 여름 나뭇잎에 몸을 숨기면서
가만히 남몰래 전진한다.

저자는 나이 듦을 이렇게 비유했습니다. 프랑스의 고전작가 라 로슈푸코는 심지어 이렇게 한탄했습니다.

시간이라는 것은 폭군처럼 사정없이 사람을 늙어 가게 만든다.
죽음이라는 것으로 협박하며 청춘의 모든 쾌락을 빼앗아 간다.

늙음의 문제는 육체가 아니라 마음에서 온다고 앙드레 모루아는
단언합니다.

늙는다는 것은 머리가 하얘지거나 주름살이 느는 것 이상이다.
'이미 때는 너무 늦다.', '승부는 끝나 버렸다.', '무대는 완전히 다음
세대로 옮겨 갔다.'고 절실히 느끼게 되는 것이다.
노화에 따르는 가장 나쁜 것은 육체가 쇠약해지는 것이 아니라 정신
이 무관심해지는 것이다.

그러면서 앙드레 모루아는 나이 먹는 기술이란 희망을 유지하는
기술이라고 강조합니다.

인생의 기간이 한정되어 있다는 것을 슬프지 않게 받아들이고,
마음과 몸이 모두 건강하게 종점에 도달할 수 있는 것.
그것이 바로 '나이를 먹는 기술'이다.

그는 우선 자신의 육체에 대해 체념하지 말라고 강조합니다. 감정
적인 면도 결코 단념하지 말라고 합니다. 아름다운 사랑에 대한 기대
역시 놓치면 안 된다고 말합니다.

 그는 '노인의 사랑도 젊은이의 연애와 같은 정도로 감동적이고 진지할 수 있다. 거기에는 깨끗한 우정과 다정한 배려도 있다. 신실한 사랑은 늙음도 극복할 수 있다.'면서 '노인의 사랑이야말로 아름다운 것'이라고 쓰고 있습니다.

또 나이를 먹는 일은 부끄럽고 무능해지는 것이 아니라 더 지혜로워지고 능숙해지는 일이라며 키케로는 말했습니다.

위대한 일은 힘이나 민첩한 육체에 의해서가 아니라 조언, 권위, 성숙한 지혜에 의해서 성취될 수 있다.

노인은 그런 것을 잃어버리기는커녕 오히려 더 풍부하게 몸에 지니고 있다.

노인이라고 지적인 활동을 멈출 게 아니라 인생의 마지막 순간까지 배우는 자세를 잃지 말아야 한다며 몽테뉴는 말했습니다.

마치 기생목이 말라죽은 떡갈나무에 뿌리를 내리고 살듯이 인간의 지성은 노년에야말로 꽃을 피우지 않으면 안 된다.

세월이 우리에게 알려 주는 것은 참 많습니다. 사소한 것에서부터 위대한 인생철학까지……. 그리고 인생의 매력까지 알려 줍니다. 앙드레 모루아도 나이 드는 일을 기뻐했습니다.

나이가 들면 하늘을 향해 마음을 열어 놓을 수 있어서 좋다.

나이 드는 일을 기뻐한 사람은 외국 작가만이 아닙니다. 최인호 작가는 인터뷰 기사에서 젊었을 때는 마치 줄이 너무 많이 연결되어 누전될 위험이 많은 전선 같았다고 말했습니다. 그러나 나이가 들면서 욕망의 가닥이 정돈되고 삶이 조금씩 단순해지니까 집중도도 높고 전압도 높아진 느낌이라고 말했습니다.

조금 더 넓어진 마음으로 사람을 대하고, 조금 더 깊어진 생각으로 인생을 바라보고, 조금 더 부드러운 마음으로 사랑하고, 조금 더 맑아진 시선으로 세상을 대하게 되는 일……. 그게 나이를 먹는 일이라면 늙음은 더 이상 슬픈 일이 아닙니다. 나이를 먹는다는 건 인생의 학사모를 쓰는 일이고, 함께 나이 먹는 벗과 축배를 나눌 일이지요.

그런가 하면 윤석중 아동문학가는 기자가 연세를 묻자 이렇게 대답했다고 하지요.

"나는 나이를 세 가지로 나눠 먹습니다.
생각은 열 살이고, 마음은 서른이고, 몸은 또 여든이 훨씬 넘었어요."

당신의 생각은 몇 살인지요. 마음은 몇 살이나 되는지요.
갓 태어난 아기처럼 순진무구하기를…… 소녀처럼 설레기를……
청년처럼 뜨겁기를…….

나는 그 어디에도 없다

실비오 로드리게스의 노래 〈유니콘〉

사는 일이 전쟁 같다는 것을 이미 여러 번 체험했습니다.

그러다 보니 고개를 들어 하늘을 보지 못했습니다. 고개를 숙여 풀잎을 보지 못했습니다. 날리는 머릿결에서 바람을 만나지 못했습니다. 그렇게 달려가다가 어느 날 멈춰 섰습니다. 그리고 자신을 방문했습니다.

그런데…… 나를 만날 수 없었습니다.

어? 내가 어디 갔지? 맑은 눈동자로 하늘을 보던 내가 어디로 사라진 거지? 아주 작은 일에도 감탄사를 터트리던 내가 어디 간 거지? 꽃이 핀다며 환호하던 내가 어디 있지? 불의를 보면 분노하던 나는 도대체 어디로 간 거지?

내가 사라져 버렸습니다. 실종 신고라도 내고 싶습니다.

그럴 때는 늘 듣던 음반 말고 아주 새로운 음반을 사서 들어 보는 것도 신선한 즐거움입니다.

쿠바의 음유시인 실비오 로드리게스의 우니코르니오unicornio, 〈유니콘〉을 틀어 봅니다.

실비오 로드리게스는 쿠바인의 정신적인 지주로 숭배 받는 뮤지션입니다. 노래 제목인 유니콘은 신화나 전설에 등장하는 신비로운 상상의 동물인데요. 머리에 흰 뿔이 하나 났다고 해서 '일각수'라고도 하지요. 실비오 로드리게스는 이 노래 속에서 유니콘은 인간이 잃어버린 순수함을 상징한다고 말했습니다. 잃어버린 자신을 찾기 위한 그의 갈망은 이렇게 표현됩니다.

내 푸른 유니콘을 어제 잃어버렸어요.
풀을 뜯게 놔둔 사이에 그만 사라져 버렸어요.
내 푸른 유니콘이 어디 갔는지 알려 주시면
그 고마움 잊지 않겠어요.
꽃들은 봤을 텐데 아무 말도 안 해 주네요.

내 푸른 유니콘을 어제 잃어버렸어요.
모르겠어요. 내가 싫어 떠났는지, 아니면 길을 잃었는지…….
나에겐 그 푸른 유니콘 하나밖에 없어요.
누군가 보았다면 제발 알려 주세요.
내가 가진 건 무엇이든 모두 드리겠어요.

나는 어제 내 유니콘을 잃어버렸어요.
아주 멀리 내 곁을 떠나 버렸어요.

유니콘은 용맹을 상징하며 무적의 힘을 자랑하는 동물입니다. 그런데 실비오 로드리게스는 잃어버린 순수를 상징하는 동물로 왜 유니콘을 선택했을까요?

우리는 '순수'와 '힘'을 서로 상반되는 의미로 판단하기 쉽습니다. '순수하다'는 의미를 나약하고 손해 보기 쉽고 바보 같은 이미지로 받아들입니다. 그러나 순수한 사람은 알고 보면 강한 사람입니다. 마음이 깨끗하기 때문에 유혹에 흔들리지 않는 사람, 나를 위한 욕망보다 타인을 위한 소망을 품는 사람, 세상의 속도보다 내 속도에 보폭을 맞추는 사람, 행복의 기준을 타인에 두지 않고 나 자신에 두는 사람이 바로 순수한 사람이기 때문이지요.

내 마음속 언덕 거기에 푸른 유니콘이 아직 숨 쉬고 있는지, 마음속을 방문해 순수의 행방을 찾고 싶어지는 노래, 실비오 로드리게스의 〈유니콘〉은 이렇게 이어집니다.

유니콘과 나는 우정을 나누었지요.
사랑과 진실도 함께했구요.
그의 쪽빛 뿔과 노래를 함께했지요.
노래를 나누는 것이 우리의 기쁨이었으니까요.

내 푸른 유니콘을 어제 잃어버렸어요.

어쩌면 내 욕심일 수도 있어요.

하지만 난 그 푸른 유니콘 하나밖에 없는걸요.

만일 두 마리가 있다 해도 난 단지 그만을 원해요.

누군가 보았다면 제발 알려 주세요.

나는 어제 내 유니콘을 잃어버렸어요.

아주 멀리 내 곁을 떠나 버렸어요.

잃어버린 유니콘은 곧 내 순수성입니다.

밤하늘에 쏟아지는 별을 바라본 적이 언제인지…… 떨리는 마음으로 편지를 써 본 적이 언제인지…… 우체국 창가에서 그리운 마음을 엽서에 담아 보던 일이 언제인지…… 나 아닌 누군가를 위해 울어 본 적은 언제인지…….

생의 비밀을 간직한 암호는 하늘에 쓰여 있습니다. 그런데 언제나 시멘트로 화장한 메마른 바닥만 보며 인생을 모르겠다며 한숨 쉬고 있는 것은 아닐까요?

순수하다는 것은 많이 받아들일 줄 아는 것입니다. 아주 작은 기쁨도 크게 받아들이고 아주 작은 아름다움도 환상적인 아름다움으로 받아들이는 것입니다. 그래서 더 많이 기뻐하고 더 많이 즐거워하는 것입니다. 그래서 순수한 사람은 행복한 사람이고 용기와 신념을 갖춘 사람입니다.

설렘이 없으면 살아 있는 것이 아닙니다. 설렘은 순수에서 옵니다. 당신의 마음에서 잃어버린 소녀를 다시 불러들여 보세요. 그래서 당신의 마음 그 부드러운 꽃잎 사이를 머뭇대는 바람에 흔들리세요. 혹하세요. 빠지세요. 사랑하세요.

사막의 오아시스는
이주 가까이에 있다

손튼 와일더의 희곡 〈우리 마을〉

"거짓말이라고 해도 좋아. 사랑한다고 말해 준다면."

"가짜라고 해도 좋아. 마음을 표현해 준다면."

친구가 외로운 표정으로 건넨 말입니다.

때로는 진실이 아플 때가 있습니다. 때로는 거짓 희망이 반가울 때가 있습니다. 아프게 찌르는 팩트보다 부드럽게 위안하는 거짓이 고맙습니다.

사막을 걷는 사람이 있습니다. 그는 목마릅니다. 물이 그립습니다. 야자나무가 필요합니다. 그늘이 소중합니다. 그런데 그는 물을 보았습니다. 야자나무를 보았습니다. 그늘을 보았습니다. 사실은 아무것도 없는데……. 물도, 야자나무도, 그늘도 사실은 없는데 그는 그것이 있다고 생각합니다. 그가 보는 오아시스, 그가 있다고 믿는

 오아시스는 가짜입니다.

그런데 그렇게 무엇인가를 간절히 원하다 보면 원하는 것이 이뤄지는 환상이 생겨나곤 합니다. 사랑하는 사람이 와 줄 거라는 희망, 꿈이 꼭 이뤄진다는 확신, 그가 꼭 해낼 거라는 신뢰…… 그런 것을 과연 망상이라고만 할 수 있을까요?

오아시스 콤플렉스가 완전히 망상인 것만은 아니라고 합니다. 사막에 있는 사람들은 실제로 지평선에서 무엇인가를 본다고 합니다.

야자나무는 시들었고, 우물은 말랐고, 오아시스는 메뚜기로 뒤덮였을지언정 오아시스를 꿈꾸는 일을 그만둘 수 없는 것, 그것이 우리가 살아가는 일인지도 몰라요.

그러고 보면 우리가 꾸는 꿈은, 사막인 현실을 견디게 하는 오아시스인 셈입니다. 하지만 그 오아시스 때문에 속이 타들어 갈 때가 있지요. 손에 잡힐 듯 잡힐 듯 잡히지 않는 그 꿈 때문에 갈증이 날 때쯤 손튼 와일더의 희곡 〈우리 마을〉을 읽어 보면 어떨까요.

안녕. 이승이여, 안녕.
우리 마을도 잘 있어. 엄마 아빠, 안녕히 계세요.
째깍거리는 시계도, 해바라기도 잘 있어.
맛있는 음식도, 커피도, 새 옷도, 따뜻한 목욕탕도, 잠자고 깨는 것도…….
아, 매우 아름다워 그 진가를 몰랐던 이승이여, 안녕.

절절한 대사가 마음을 파고드는 〈우리 마을〉. 희곡 작가 손튼 와일더의 1938년 퓰리처상 수상작입니다. 뉴햄프셔주의 한 소읍小邑을 무대로 평범한 사람의 평범한 일상생활을 그리고 있습니다. 무대 감독이 관객에게 상황을 설명하는 형식의 독특한 희곡이며, 사막과 같은 현실 속에서 오아시스를 발견하는 법을 배울 수 있습니다.

작은 마을에 사는 사람들의 일상은 평범합니다. 학교에서는 웅성대는 소리가 들리고 한길에는 마차 몇 대가 세워져 있습니다. 깁스 선생은 진찰실에서 환자를 보고, 웹 선생은 잔디를 깎고 있습니다.

오후가 되면 아이들이 돌아와 숙제하고 어머니가 음식 준비하는 것을 도우며 학교에서 있을 발표회 얘기도 합니다. 세대 차이 때문에 토닥토닥 어머니와 에밀리가 다투기도 합니다.

그런 마을에 은행을 새로 짓는데 그 건물 머릿돌에 뭘 넣으면 좋을지 고민합니다.

"한 천 년쯤 있다 파낸다고 가정하고요. 성경도 넣고 헌법도 넣고 또 셰익스피어 전집도 넣을까 봐요. 어떻게 생각하십니까?"

그때 무대 감독은 관객을 향해 말합니다.

"옛날 바빌론에는 2백만 명이나 살았습니다만 남은 거라곤 왕들의 이름하고, 노예매매계약서 몇 장뿐입니다. 하지만 바빌론에서도 저녁이면 굴뚝마다 연기가 피어오르고, 아버지는 일터에서 돌아오고, 가족들이 둘러앉아 식사했을 겁니다. 여기 우리처럼요. 저는 이 연극

대본 한 권을 머릿돌에 넣을까 합니다. 천 년 후 사람들이 우리의 평범한 삶을 알도록 말이에요. 전 그게 베르사이유 조약이나 린드버그의 대서양 횡단비행보다 더 중요하다고 보거든요. 천 년 후 사람들이나 지금 여기 우리가 자라서 결혼하고 살다가 죽는 거, 그거야 마찬가지 아니겠습니까?"

세월은 무심히 흐르고 아이들이 자라 결혼도 합니다. 무대 감독은 또 한 번 관객을 향해 말합니다.

"상상이 되시죠? 해가 쪼이고, 비가 오고, 눈이 오고…… 아름다운 곳 아닙니까? 그런데 다 알면서도 좀처럼 마음에서 그 사실을 안 꺼내거든요."

세월이 더 흐릅니다.

에밀리는 죽음을 앞두고 있습니다. 저승에 들어가기 직전에 에밀리는 돌아서며 말합니다.

"아, 잠깐만요. 한 번만 더 보고요."

에밀리는 행복인 줄 모르고 살아왔던 일상에게 작별 인사를 합니다.

"매우 아름다워 그 진가를 몰랐던 이승이여, 안녕."

그리고 눈물을 흘리며 무대 감독을 향해 불쑥 묻습니다.

"살면서 자기 삶을 제대로 깨닫는 인간이 있을까요? 순간마다요."

하찮게만 여겨지는 일상이 소중하다는 것을, 사소하고 비루하게

190 느껴지는 내 생의 순간순간이 소중한 것임을 우리는 왜 사는 동안은 알 수가 없는 걸까요? 먼 곳만 바라보면서, 멀리 있는 사람만 동경하면서 옆에 있는 사람이 얼마나 고마운지 모르고 그들의 소중함을 놓치고 사는 걸까요?

우디 앨런의 영화 〈애니 홀〉에서 주인공 올비 싱어는 이런 말을 하지요.

"인생은 호러블horrible한 것과 미저러블miserable한 것, 두 종류로 나눌 수 있어."

무섭고 끔찍하고 소름 끼치는 '호러블'한 것과 불쌍하고 비참하고 가련한 '미저러블'한 것으로 이뤄진 것. 그것이 인생이라는 그의 말은 염세적인 인생관처럼 들립니다. 그러나 사실 이 말은 살아가는 일이 굉장히 숭고하다는 말을 전하고 있습니다.

사실 산다는 것은 철학서처럼 숭고하지 않습니다. 시처럼 아름다운 것도 아니에요. 영웅의 삶처럼 위대하지도 못합니다. 그래도 각자 자신의 삶을 열심히 꾸려 가는 사람들……. 산다는 것은 두렵고 비참한 일인지 모르지만 그 안에서 기뻐하고 사랑하고 행복을 발견하면서 살아가는 사람들……. 숭고한 철학을 갖고 있지는 않지만 나름대로 인생을 열심히 살아가는 사람들……. 그들은 지금 이 순간에도 마음 레이더로 찾아내고 있겠지요. 삶의 구석구석 숨어 있는 행복을, 마치 소풍날 찾아내던 보물찾기처럼…….

시간은 흘러가고 생명은 유한해요. 그러나 지금 이 시간 속에 사랑을 새길 수 있다면, 지금 이 시간 속에서 행복을 느낄 수 있다면 그것이 곧 영원을 사는 일입니다.

사막의 오아시스는 멀리 있지 않아요. 마음 가까이에 있습니다.

나에게 왜 이런 시련을 주시나요

마리아 칼라스의 아리아 〈노래에 살고 사랑에 살고〉

"착하게 살았는데 왜 나한테 이런 일이 일어나는 거야?"

절규하고 싶은 순간이 옵니다.

삶의 불가사의, 세상사의 부조리를 탓하고 싶은 순간이 옵니다.

"왜 나야? 나쁘게 산 사람도 많은데 왜 착하게 살아온 내게 이러는 거야?"

원망하고 싶은 순간이 옵니다.

그런 절규를 노래로 쏟아 내는 가수가 있지요. 마리아 칼라스.

오페라 〈토스카〉 중에서 그녀가 부르는 아리아 〈노래에 살고 사랑에 살고〉를 듣다 보면 눈물이 납니다. 내게도 그렇게 절규하고 싶었던 순간이 있었기 때문입니다.

나 그래도 착하게 살았는데 왜 이런 일이 내게 일어나는지…….

유명한 오페라 〈토스카〉는 나폴레옹의 이탈리아 정복 전쟁을 배경으로 합니다. 나폴레옹의 공화정에 참여했던 사람들은 모두 처형되거나 투옥됩니다. 오페라 〈토스카〉는 그중 한 사람인 안젤로티가 탈옥해서 성당으로 숨어드는 장면에서 시작되지요.

화가 카바라도시는 친구인 안젤로티를 숨겨 줍니다. 그러나 대신 비밀경찰에 잡혀가는 처지가 됩니다.

카바라도시에게는 아름다운 연인이 있어요. 그녀의 이름은 토스카.

비밀경찰 스카르피아는 카바라도시에게 모진 고문을 가합니다. 그리고 그 고문의 광경을 토스카가 보게 합니다. 토스카는 견디다 못해 안젤로티가 숨어 있는 곳을 비밀경찰에게 말해 버립니다. 그런데도 경찰은 카바라도시를 처형하라는 명령을 내립니다. 절망하는 토스카에게 경찰이 요구합니다. 네 연인을 살려 줄 테니 그 대가로 네 몸을 달라고.

그 절대절명 선택의 순간에 부르는 아리아가 바로 〈노래에 살고 사랑에 살고〉입니다.

마리아 칼라스는 절규하듯 부릅니다. 그녀의 인생을 담아서, 그녀의 아픈 사랑을 담아서……. 비탄에 찬 토스카의 애절한 노래는 곧 그녀의 마음이었고 상처였고 인생이었습니다.

저는 평생을 예술에 살고 사랑에 살았으며 불쌍한 이를 도왔고 남에게 해를 끼친 적도 없어요.

항상 정성을 다해 기도하고 제단에는 아름다운 꽃을 바쳤어요.
그런데 왜 저에게 이다지도 힘든 고통을 주시나요.

1923년에 태어나 1977년에 생을 마감한 '세기의 디바' 마리아 칼라스. 그녀의 삶은 그렇게 절규의 물음표로 가득한 인생이었습니다.

1923년 12월 2일, 마리아 칼라스가 태어나자 아들이 태어날 것을 기대하던 그녀의 어머니는 크게 실망했습니다. 특히 큰딸인 재키에 비해 마리아 칼라스는 생김새가 볼품없었습니다. 태어날 때부터 뚱뚱했던 이 막내딸의 비만 증세는 유년 시절을 지나면서 점점 더 심해졌습니다. 자라면서 살이 더 쪘고 근시가 심해 두꺼운 안경을 쓰고 다녔습니다. 어머니는 마리아 칼라스에게 해가 갈수록 차가워졌지요. 미운 오리 신세였던 마리아 칼라스는 어머니의 사랑을 차지하려고 노래를 열심히 불렀습니다.

마리아 칼라스는 일자리를 찾아 여러 오페라 극장 문을 두드렸지만 그 어디에서도 80킬로그램이 넘는 거구를 받아 주지 않았습니다. 그러다가 당대 명지휘자 세라핀과 만나게 되는데, 세라핀은 그녀에게 영혼으로 음악을 대하는 법을 가르쳤습니다. 또 연출가 비스콘티는 그녀에게 연극적인 모든 것을 가르쳐 주었습니다. 이 두 스승을 만나면서 마리아 칼라스의 예술 세계는 무대를 장악하기 시작했습니다.

그 당시 만난 또 한 사람의 중요한 동반자가 있었습니다. 부유한 사업가이자 오페라광이었던 메네기니. 마리아 칼라스는 스물세 살 연상인 그와 1949년에 결혼했습니다.

1954년 마리아 칼라스는 영화 〈로마의 휴일〉에 나온 오드리 햅번을 보고 '그녀만큼 날씬해지겠다.'고 결심했습니다. 그리고 몸무게를 37킬로그램이나 줄이는 데 성공했습니다. 백조로 다시 태어난 마리아 칼라스가 오페라의 모든 영역을 넘나들며 대활약을 펼치던 때 그녀에게 치명적인 사랑이 찾아왔습니다.

1959년 여름, 그녀와 남편은 그리스 선박왕 오나시스의 요트에 초대 받았습니다. 3주간의 꿈같은 지중해 유람……. 바다는 날마다 아름다웠고 요트에 있는 모든 사람이 행복했습니다. 오나시스가 자신을 쳐다보는 눈빛에서 사랑을 느낀 마리아 칼라스는 그때 주위에 있던 사람에게 이렇게 말했습니다.

"난생 처음으로 제가 여자라는 느낌이 들어요."

이 여행에서 마리아 칼라스와 오나시스는 연인이 되었고, 결혼생활은 끝이 나고 말았지요. 그 후 마리아 칼라스는 모든 공연을 포기하고 오나시스에게 헌신하며 매달렸습니다.

사랑은 누군가의 어깨에 희망을 달아 주기도 하지만 그 누구의 어깨에는 절망을 달아 주기도 하나 봅니다. 사랑은 마리아 칼라스의 인생을 거칠고 황량한 사막으로 데려갔습니다.

인생을 다 걸고 사랑했던 오나시스는 케네디의 미망인 재클린과 결혼해 버렸습니다. 마리아 칼라스는 예술도 잃어버린 채 절망으로 울부짖었습니다. 그때 그녀의 나이는 40대 초반. 한번 시들어 버린 그녀의 예술혼은 다시 피지 못한 채 파리의 한 저택에서 칩거생활에 들어갔습니다.

1977년 9월 16일, 마리아 칼라스는 쉰넷에 생과 이별했습니다. 우울증과 수면제 과다 복용이 원인이었지요. 혼자 그렇게 쓸쓸히 죽어 간 그녀의 유해는 폭풍우가 몰아치는 에게해에 뿌려졌습니다.

마리아 칼라스가 생전에 예술혼과 바꿀 정도로 사랑했던 오나시스. 그는 마지막 숨을 거두면서 "내가 사랑한 것은 마리아 칼라스였다."고 말했다고 합니다.

수줍음 많은 소녀에서 무대 위의 여왕으로, 마침내 오페라의 전설이 되어 사라져 간 오페라의 여왕 마리아 칼라스. 그 깊이를 알 수 없는 심연으로부터 끌어올려진, 허공에 울려 퍼지는 마법의 목소리. 그녀의 오페라 〈토스카〉 중에서 구슬픈 아리아 〈노래에 살고 사랑에 살고〉……. 이 아리아를 들으면 가슴에서 비 냄새가 납니다. 슬픔의 냄새입니다. 그녀의 슬픈 인생이, 아픈 사랑이 떠오릅니다.

선택의 순간에 자유로운 사람이 과연 몇이나 될까요? 과연 그녀의 상황에서 절망하지 않을 사람이 몇이나 될까요? 절규하고 울부짖지 않을 사람이 몇이나 될까요?

그녀의 아리아를 들으면 눈물이 나는 이유는 그녀의 절규가 곧 나의, 당신의, 우리의 절규기 때문입니다.

유화는 밑칠한 색을 숨기는 능력을 가지고 있어서 덧칠 효과가 가능합니다. 그러므로 어두운 색에서 시작해 갈수록 밝은 색으로 칠해

가는 게 기본입니다. 반대로 수채화는 종이의 흰색이나 밑 부분이 그림에서 사용하는 가장 밝은 색이고 물감을 덧칠할수록 어두워집니다.

우리가 사는 일은 유화와 수채화 중 어디에 속할까요?

산다는 일의 기본은 어쩌면 외롭고 쓸쓸한 어둠의 색인지도 모릅니다. 하지만 살아가는 동안 점차 밝은 빛을 덧칠해 가면서 아름다운 그림 한 점 완성해 가는 것……. 그것이 바로 우리가 사는 일인지도 모릅니다. 그리고 마르는 데 오래 걸리기 때문에 미완성 작품이지만 늘 다 그린 그림처럼 세워 둬야 하는 것……. 그것이 유화와 인생의 공통점인지도 모릅니다.

수줍게 꽃물을 들이는 하늘

풍경 〈강화도〉

🍃 잠이 들었다가 새벽녘에 발아래로 밀려간 홑이불을 끌어당기는데 아무리 끌어당겨도 올라오지 않아 일어나 보니 그게 홑이불이 아니라 달빛이라는 걸 알았을 때…… 좋은 향기가 나서 '누가 향수를 뿌렸나?' 하고 주변을 돌아보는데 사람이 서 있는 게 아니라 골목에 꽃이 흐드러지게 피어 있을 때…… 친구의 얼굴에 홍조가 들어서 '수줍음을 타나?' 하고 보는데 석양으로 볼이 붉어진 것이었음을 알게 됐을 때……. 이럴 때 우리는 자연이 우리에게 스며드는 느낌을 알게 됩니다.

지금 당신이 바라보는 그 하늘은 어떻게 마음에 스며들고 있는지요.

어린 시절 어머니한테 혼나고 담벼락에 기대서서 손으로 눈물을 닦다가 문득 하늘을 봤던 기억……. 그게 처음으로 하늘을 봤던 기억입니다. 세월이 흘러 어른이 된 후에 하늘을 볼 때는 마음이 아플 때가 많았습니다. 마음에 상처를 입고 하늘을 보면 하늘은 가끔은 어두운 침묵으로, 가끔은 환한 미소로 달래 주곤 했습니다. 그리고 사랑을 잃고 나서 하늘을 보면 텅 빈 허무로 마음에 슬픔 한 자락을 더 얹어 놓기도 했습니다.

왜 우리는 그렇게 슬플 때 하늘을 보게 되는 걸까요? 거기에 절대자가 있다는 믿음 때문일까요, 아니면 태양이나 별과 달에서 위안을 얻고자 하는 걸까요? 분명한 것은 하늘은 그렇게, 우리 마음을 달래 주고 희망을 주는 커다란 존재라는 점입니다.

물론 기쁠 때도 하늘을 우러러보게 되지요. 벅찬 기쁨으로 고개를 들어 하늘을 보면 하늘은 파랗게 함께 웃어 줍니다. 그리고 잘됐다, 정말 잘됐다고 어깨를 두드려 줍니다.

자유를 찾은 사람도 먼저 하늘을 보고 사랑을 얻은 사람도 먼저 하늘을 보는 이유, 절망에 빠진 사람도 가장 먼저 하늘을 보고 배신감과 증오를 느낀 사람도 먼저 하늘을 보는 이유, 텅 비어 있는 걸 알면서도 끝없이 하늘을 바라보는 이유는 무엇일까요? 그것은 사람을 상대로 살지 말고 하늘을 상대로 살라는 생의 법칙인 듯도 합니다.

절망에 빠졌을 때 희망을 주고 슬픔에 젖었을 때 위안을 주는 하늘, 기쁨에 찼을 때 함께 기뻐해 주고 불안에 빠졌을 때 우리 마음을 토닥여 주는 하늘……. 그 하늘 한 귀퉁이가 저녁 무렵이 되면 빨갛게 물들기 시작합니다. 마치 볼을 붉히듯이 수줍게 봉선화 꽃물을 들

 이면 그 하늘을 사랑하는 사람과 함께 보고 싶어집니다.

사랑하는 사람과 함께 보고 싶은 노을에 대해 조병화 시인은 이런 시를 썼지요.

해는 종일 자신의 열로
온 하늘을 핏빛으로 물들여 놓고
스스로 그 속으로
자신을 묻어간다

아, 외롭다는 건
노을처럼 황홀한 게 아닌가

마음이 외롭다는 건 노을처럼 황홀한 일인지도 모릅니다. 누군가 그립다는 건 노을처럼 수줍은 일인지도 모릅니다.

그런 노을을 볼 수 있으면서 서울에서 가깝고 멋진 곳이 강화에 있는 석모도입니다.

강화도가 '섬 아닌 섬'이라면 석모도는 '섬다운 섬'입니다. 강화도 서편에 있는 작고 아름다운 섬 석모도. 그곳으로 향하는 배를 탈 때부터 진한 바다 내음이 밀려옵니다. 그리고 과자를 향해 달려드는 갈매기 떼가 장관을 연출합니다.

'석모도에 가면 제일 먼저 보문사에 가라.'는 말이 있지요. 그곳 눈

썹바위에서는 바다가 한눈에 들어와 "아!" 하고 탄성이 저절로 터집니다.

바람은 강물을 뒤척이게 하고 바닷속을 뒤집어 놓습니다. 나뭇잎을 흔들어 일렁이게 합니다. 신호등과 가로등을 흔듭니다. 외투 깃을 세우게 하고 스카프를 여미게 합니다. 뒤척이게 하고 흔들어 놓는 바람, 그러나 오히려 바람 덕분에 나무뿌리는 더 깊이 내려갑니다. 바닷물 역시 더 깨끗해집니다.

우리 마음에도 어느 날 바람이 불어옵니다. 존재의 뿌리를 흔들고 영혼 깊은 곳을 뒤척이게 하는 바람이 불어올 때가 있습니다. 갑자기 불어닥친 바람 때문에 눈물이 날 것 같은 날이 있습니다. 그런 날에는 오히려 쓸쓸한 풍경을 마음에 호출해 봅니다.

피천득 작가는 쓸쓸하지만 아름다운 풍경에 대해 썼습니다.

물감을 못 사서 연필로 스케치만 하는 화가, 유행했던 자신의 노래를 듣고 있는 옛 가수, 이제는 공이 말을 안 듣는 왕년의 유명 투수, 손님도 웨이터도 다 돌아간 텅 빈 식당에서 혼자 커피를 마시고 있는 주방장…… 이런 풍경이 쓸쓸하지만 아름다운 풍경이라고.

그렇게 쓸쓸하고 아름다운 풍경은 우리 주변에 많습니다. 넉넉하지 않은 하루 영업을 끝내고 텅 빈 거리를 달려 집으로 돌아가는 택시 기사, 연극이 끝난 후 텅 빈 객석에 앉아 있는 배우, 월급은 못 받았지만 그래도 귤 한 봉지를 사들고 텅 빈 골목을 들어서는 가장…… 이

 런 풍경은 우리에게 쓸쓸함과 아름다움은 같은 뜻을 지녔음을 말해 줍니다.

이슬 맺힌 꽃잎에도, 하늘에 뜬 달빛에도, 사람이 사랑하는 일에도 슬픔이 고여 있지요. 그런데 그 슬픔은 아픈 것이 아니라 달콤한 슬픔입니다. 노을 지는 바다에 가서 시선을 멀리 두면 또 한번 그 사실을 절감하게 됩니다. 쓸쓸함과 아름다움은 이음동의어라는 사실을.

가장 아름다운 일몰을 볼 수 있는 곳, 보문사에서 바라보는 낙조를 들 수 있겠지요.

노을이 진 바닷가에서 시선을 멀리 두면 내 인생에 어깨를 내주던 고마운 이들이 떠오릅니다.

'내 곁에 저 사람만 있어 준다면' 싶었던 사람. 비록 늙어서 더는 용기도, 힘도 없는 나이가 되더라도 저 사람만 있어 준다면 내 인생이 따뜻해질 거라고 믿어지던 사람. 이제는 떠나고 없는 그 사람이 그리워 명치끝이 아파 올지도 모르겠습니다.

그러나 돌아오는 길에서는 이미 정답을 찾게 되겠지요. 사랑은 만나는 것이 아니라 그리워하는 과정이라는 사실을…… 그리고 그 그리움이야말로 생을 살아가는 힘이라는 사실을.

내 인생의

화사한 꽃다발

즐겁지 않다면 배은망덕이다

린위탕의 책 『생활의 발견』

"내 인생을 소설로 쓰면 대하소설 한 편 나오지."

예전에 어른들이 하던 말을 어느새 내가 하고 있습니다.

살아온 날을 돌아보니 굽이굽이 넘어온 산이 많기도 합니다. 어떤 산은 그래도 넘을 만했고, 어떤 산은 가슴이 턱턱 막히게 막막했습니다. 심장이 터질 것처럼 아팠습니다.

산전수전 공중전까지 거쳐서 시가전까지 치르는 모듬전 인생, 나만의 일일까요?

어느 날은 돌부리에 걸려 넘어집니다. 어느 날은 비바람에 쓰러집니다. 어느 날은 막막한 어둠에 무너집니다. 한번만 일어나 보자, 또 한번 일어나 보자……. 그렇게 넘어진 몸을 일으키다 보면 어느새 인생은 늦은 오후에 이릅니다. 창가에 서서 밖을 내다보면 낮은 탄식이 흐릅니다. 인생 참…….

 그런데 린위탕의 『생활의 발견』에서는 단언합니다.

　아름다운 지상에 태어난 것이 조금도 불행하지 않다.

　비록 이 곳이 어두컴컴한 토굴일지라도 애를 써서 아름다운 토굴로

만들어야 한다.

　하물며 이 세상은 토굴이 아니지 않은가.

　아름다운 지상에 살면서도 즐겁지 않다고 한다면 그것은 배은망덕

이다.

　『생활의 발견』은 중국이 낳은 세계적인 석학 린위탕이 에세이 형식

으로 쓴 생활 철학서입니다. 세계 각국어로 번역되어 지구상의 수많

은 현대인에게 삶의 지침서로 애독되고 있습니다. 책의 첫머리에 린

위탕은 씁니다.

　몽상가는 말한다.

　"인생은 한 조각의 꿈일 뿐이다."라고…….

　현실주의자는 응수한다.

　"그거 옳은 말이다. 우리로 하여금 그 꿈속에서 아름답게 살아가게

해 달라."

　린위탕은 우리에게 "눈뜬 자의 현실주의로 살아가라."고 합니다.

그는 '눈뜬 자의 현실주의'는 사업가의 현실주의가 아니라고 못 박습

니다. '시인의 현실주의'적 감각은 생활 철학에서 불필요한 것을 제거

해 버리는 것, 그러니까 너무 허황된 것을 꿈꾸는 '몽상'을 경계하는 것입니다.

지옥에 떨어진 사나이가 다시 태어나게 해 준다는 말을 들었다.

그가 염라대왕에게 말했다.

"저를 이승에 다시 보내 준다 하더라도 제 요구 조건을 들어주지 않으면 가지 않겠습니다."

그러자 염라대왕이 물었다.

"그대의 요구 조건은 무엇인가?"

그 사나이가 대답했다.

"제가 다시 인간으로 태어난다면 장관의 아들로 태어나거나 아니면 장원급제를 한 아버지로 태어나게 해 주세요. 집 주변에는 드넓은 땅과 물고기가 노니는 연못과 여러 가지 과일이 있어야 해요. 아름답고 마음씨 고운 아내와 첩도 있어야 해요. 천장에는 황금으로 된 장식이 있어야 하고, 방과 곡식이 가득 찬 창고도 여러 개 있어야 합니다. 금과 은이 꽉 찬 가방도 있어야 해요. 저는 명예와 부귀영화를 실컷 누리며 백 살까지 장수해야 합니다."

그러자 염라대왕은 말했다.

"그런 사람이 있다면 내가 인간 세상에 갈 일이지 너 같은 놈을 보내겠느냐?"

 린위탕은 이런 일화를 유머러스하게 던지며 조언합니다.

인간은 절대 이 땅 밖의 다른 곳에서는 살 수 없다.

천국에서 산다? 천국일랑 심령에 날개를 달아 신 앞으로 날려 보내 버리자.

그리고 땅을 잊어버리지 말자. 우리는 죽어 갈 운명을 지닌 인간이다.

결국 생활의 목적은 그 어떤 형이상학적인 실체가 아니다. 다만 생활 그 자체인 것이다.

그리고 인간을 인간답게 하는 요소로 '자유'를 먼저 듭니다.

자유인이야말로 인간의 존엄과 인간의 자유를 지키는 투사다.

그런데 자유를 얻는 데는 조건이 있습니다. 자유를 지니기 위해서는 유머가 필수 요소라고 강조합니다.

현대인은 인생을 너무 엄숙하게 대한다. 너무 엄숙하게 살기 때문에 이 세상은 골치 아픈 일투성이다. 인생을 즐길 수 있으려면? 그 해답은 가볍고 명랑한 정신에 있다. 가볍고 명랑한 정신이 세계를 더 평화롭고 따뜻하게 할 것이다.

『생활의 발견』을 읽고 나서 알게 되었습니다. 우리가 불행한 이유,

삶이 힘든 이유는 결국 천국을 꿈꾸는 데 있었습니다. 천국을 꿈꾸는 한 불행할 수밖에 없습니다. 인간으로 살면서 신과 같은 경지를 꿈꾸는 것 자체가 모순입니다. 그러니 '그런데도', '그저' 웃어 봐야 하지 않을까요?

그런데도…… 이런 말을 하게 될 때는 언제일까요? 그런데도 밉지 않고, 그런데도 웃음이 나고, 그런데도 열심히 일하고, 그런데도 노래하고, 그런데도 먹고…….

나한테 아무리 못되게 굴어도 밉지 않고, 슬픈 일이 있는데 웃음이 나오고, 봉급이 밀려 있지만 열심히 일하고, 눈물이 나는데 노래를 부르고, 입맛은 없지만 먹고……. 그럴 상황은 결코 될 수 없지만 그런데도 힘내 보는 사람. 웃고, 사랑하고, 일하고, 노래하려고 애쓰는 사람……. 그런 사람은 인생의 승리자입니다.

찰리 채플린의 영화 〈라임라이트〉에 보면 이런 장면이 나오지요. 런던 싸구려 하숙집 계단을 오르던 노신사가 가스로 세상을 마감하려는 젊은 처녀를 봅니다. 그녀를 방으로 데려간 노신사는 단 하나 남은 바이올린을 팔아서 먹을 것을 삽니다. 그리고 그녀를 회복하게 하지요.

발레를 배우다 관절로 발을 쓰지 못하자 세상을 떠나려고 한 그녀에게 노신사는 말합니다.

"인간이 살아가는 데는 얼마간의 용기와 돈만 있으면 되는 거야."

그러면서 용기를 줍니다.

"두려움이 없으면 인생은 아름답단다. 용기와 상상력을 가져라, 텔리. 싸울 것이 있으면 싸우고."

그러자 그녀가 묻지요.

"하지만 무엇을 위해서 싸우죠?"

노신사가 대답합니다.

"살기 위해서지! 산다는 건 금붕어에게도 아름다운 거야."

산다는 건 아름답다……. 나이가 든다는 건 그것을 깨닫는 과정이 아닐까요. 그리고 인생의 눈물과 비극을 처리하는 비법을 알아 가는 것이 아닐까요.

눈물과 비극을 처리하는 비법은 순간순간 희망을 품어 보는 일입니다. 희망을 품는 순간마다 인생이 깊어집니다. 인생이 익어 갑니다. 그래서 나이가 든다는 것은 와인처럼 향기로워지는 일입니다.

사랑은 스스로 말하지 않는다

영화 〈그대를 사랑합니다〉

"당신을 사랑합니다."

이 말만큼 듣기 좋은 고백이 있을까요?

신발은 신고 있기만 하면 신발의 역할을 못하죠. 신고 걸어가 줘야 신발 노릇을 합니다. 자전거 역시 마찬가지예요. 타고만 있으면 가지 않습니다. 꼭 페달을 밟아야 나아가요. 바람개비도 들고 뛰어가야 바람개비고, 비눗방울 놀이도 불어 줘야 방울이 맺히고, 풍선도 불어야 부풀어집니다.

사랑도 다르지 않겠지요. 마음에 품고만 있으면 상대의 마음에 가서 닿지 못합니다. 사랑한다는 말은 바람 부는 세상에서 털옷처럼 따뜻하고, 피곤한 몸을 감싸는 하얀 홑이불처럼 부드럽습니다. 그 말이 아무리 거짓말이라고 해도 사랑하는 사람의 입에서는 나를 사랑한다는 말을 듣고 싶습니다.

그런데 "당신을 사랑합니다."라는 고백은 어쩌면 둘이 함께 고통과 아픔의 세월을 넘어서고 난 후에야 비로소 할 수 있는 말이 아닐까요? 아니, 굳이 말하지 않아도 수없이 말하고 수없이 알아듣는 무언의 고백인지도 모릅니다.

사랑한다는 고백이 너무 흔한 시대. 심지어 한 번도 본 적 없는 불특정 다수에게도 수없이 내뱉는 "사랑한다."는 고백이 허망하게 느껴지는 어느 날 보게 된 영화가 있습니다. 그 영화의 제목은 고백 그 자체입니다. 〈그대를 사랑합니다〉…….

강풀의 동명 만화를 원작으로 한 이 영화의 주인공들은 결코 젊지 않습니다. 네 명 모두 노인입니다. 성격이 까칠하고 입담이 거친 우유 배달부 김만석 할아버지는 새벽 배달 길에 파지 줍는 할머니 송씨와 마주칩니다. 새벽에 낡은 오토바이를 타고 동네 사람을 모두 깨우며 우유를 배달하는 괴팍한 김만석 할아버지와 이름도 없이 칠십 평생을 '송씨'로 불리며 살아온 송이뿐 할머니. 그들은 서로 걱정하고 생각하는 사이가 됩니다. 김만석 할아버지는 골목길 모퉁이 어디쯤에서 불쑥 나타나 송씨 할머니에게 우유 한 통을 건네곤 합니다. 그리고 비탈길을 내려가는 송씨 할머니의 리어카를 잡아 주기도 합니다. 그들은 그렇게 사랑을 시작합니다.

이웃집에는 장군봉 할아버지 내외가 살고 있습니다. 장군봉 할아버지는 주차장 관리인이며, 치매를 앓고 있는 아내와 살고 있습니다. 그는 아내가 길을 잃을 것이 두려워 대문을 밖에서 잠그고 다닙니다.

치매에 걸렸지만 아이처럼 순진하고 사랑스러운 아내 순이, 그런 그녀 곁에서 평생을 한결같이 함께해 온 군봉. 두 사람은 상대가 없는 삶은 생각할 수도 없습니다.

"자주 찾아뵙겠습니다."는 인사를 남기고 떠나는 자식들 대신 아내를 돌보며 하루하루 지내던 장군봉 할아버지는 아내가 위암 말기라는 걸 뒤늦게 알게 됩니다. 이제 죽을 날만 기다리는 처지가 된 치매 걸린 위암 말기 환자 아내, 군봉은 그런 아내를 혼자 저 하늘로 보낼 수가 없습니다. 아내 없이 살아갈 자신도 없습니다.

자식들한테 안 좋은 말이 들릴까 봐 연탄가스 중독으로 위장하고 아내와 함께 마지막 길을 동행하는 것을 택한 군봉 할아버지는 순이 할머니의 얼굴을 가만가만 쓸어 주며 말합니다.

"당신 만나서 참 오래 같이 살았다. 나는 새로 태어나도 당신인데, 당신은?"

다시 또 만나도 당신을 택하겠다고, 당신과 함께하겠다고 말하는 할아버지에게 할머니는 고개를 절레절레 흔들면서 미안한 얼굴로 말합니다.

"당신은 주고, 나는 받기만 했는데 내가 어떻게……."

오랜 세월 같이 살아온 두 사람. 자식들은 치매 걸린 어머니를 버렸어도 남편은 곁에 있어 주었습니다. 군봉 할아버지는 순이 할머니에게 말합니다.

"잘 자래이. 나는 겁쟁이라서 당신 없이는 못 살 것 같다. 그러니께 내 손 꼭 잡거래이. 알겠제? 우리 또 만나재이."

군봉 할아버지 말에 순이 할머니는 행복한 미소를 짓습니다. 그렇게 할아버지와 할머니는 손을 꼭 잡고 마지막 길을 걸어갑니다.

마지막 길을 애틋하게 동행하는 사랑이 있는가 하면, 마지막 길을 차마 볼 수 없는 사랑도 있습니다. 송이뿐 할머니는 새롭게 사랑을 시작한 김만석 할아버지에게 이별을 통보합니다.

"당신을 잃고 싶지 않아서 떠나겠어요. 얼마 안 가 죽음이 우리를 갈라놓겠지요. 그걸 견딜 수 없을 것 같아요. 내가 어떻게 당신을 저 세상으로 보낼 수 있겠어요? 처음 만난 이 행복, 고향에 돌아가서 간직하고 그렇게 늙어 가고 싶어요."

송이뿐 할머니를 고향에 데려다 준 김만석 할아버지는 할머니를 안고 슬퍼합니다.

"다시 볼 수 있을까? 죽기 전에 또 볼 수 있을까?"

두 사람은 멀리 떨어져서 상대를 그리워합니다. 결국 김만석 할아버지는 얼마 안 가 죽음을 맞습니다. 죽음 직전에 꿈속에서 할아버지는 할머니를 찾아갑니다.

할머니는 할아버지가 선물로 준 머리핀을 꽂고, 할아버지는 할머니가 선물로 준 가죽장갑을 끼고 그렇게 만난 두 사람…… 할아버지는 오토바이 뒤에 할머니를 싣고 들판을 달려갑니다. 하늘에 어둠이 내리고 그 하늘로 송이뿐 할머니를 뒤에 실은 김만석 할아버지의 오토바이가 달려갑니다. 하늘까지 그렇게 함께 동행하는 듯 노란 달을 지나는 순간, 화면이 멈춥니다. 다시 화면이 켜지면 그 장면은 치매 걸린 순이 할머니가 방 한쪽 벽에 그린 그림 속으로 스며듭니다.

삶의 마지막 순간까지 함께했음에도 차마 말할 수 없는 고백. 아니, 고백하지 않아도 알아듣는 고백, "그대를 사랑합니다." 장군봉 할아버지도, 김만석 할아버지도 그 고백을 가슴에 묻고 살아온 이상 행복한 기억을 가지고 이 세상을 떠날 수 있었겠지요.

우리는 과연 참된 사랑을 하고 있는지 물음표를 찍어 보게 됩니다. 아주 작은 바람에도 흔들리는 사랑…… 진실된 것일까요? 아주 작은 구름에도 흐려지는 사랑…… 거짓은 아닐까요?

사람이 사람을 만나 사랑하는 일은 영겁의 세월, 억겁의 인연을 통과해야 하는 어렵고 힘든 일입니다. 그런데 너무 쉽게 그 인연을, 그 사랑을 보내 버리고 있는 건 아닌지요.

사랑의 자격은 오래오래 힘든 그 곁에 머물러 줄 수 있는 마음입니다. 아플 때, 어둠 속에 있을 때, 나락에 빠져 있을 때 그의 곁에서 조용히 지켜보며 함께 아파할 줄 아는 마음입니다. 비로소 그가 어둠의 터널에서 빠져나왔을 때 환한 꽃다발을 안겨 줄 줄 아는 마음입니다.

소원 성취

구스타프 클림트의 그림 〈성취〉

우리 몸은 얼마만큼의 가치가 있는 걸까요? 정신과 마음 다 빼고 순전히 몸만 가지고 계산기를 두드리면 과연 우리는 얼마짜리일까요?

전문가에 의하면 우리 몸은 이런 성분으로 이뤄졌다고 합니다.

물 40리터, 비누 일곱 개만큼의 지방, 아주 작은 창고 하나를 칠할 만큼의 석회, 13킬로그램의 탄소, 성냥개비 2천 200개에 들어 있는 만큼의 인, 못 한 개만큼의 철, 한 숟가락 정도의 유황, 30그램 정도의 비철금속, 소량의 코발트, 알루미늄, 주석, 티탄, 붕소……. 이 모든 것이 바로 '인체'의 성분입니다. 값어치로 계산해 보면 약 2천 원 정도? 우리 육체는 단돈 2천 원짜리입니다. 2천 원이라니……. 빈 몸으로 와서 그래도 옷 한 벌 건졌으니 많이 남는 장사였다는 유행가 가사가 거짓말이 아닙니다. 우리 몸은 그렇게 흔한 바닷물과 다를 것

없습니다. 성냥개비의 인과 마찬가지입니다. 수영장 물을 소독하는 217
염소와 같은 것입니다.

그러나 우리 몸은 단순히 그런 물질을 합쳐 놓은 존재만은 아닙니다. 하나의 화학적 구조물이면서 훌륭한 건축물이기도 합니다. 몸을 구성하는 물질은 전자기적인 힘과 인력과 전자의 힘에 의해 완전하게 결합되어 있는데, 그 절묘함은 상상을 초월한다고 합니다. 그래서 우리는 안정감 있게 평형을 유지하며 완벽하게 기능하고 있습니다.

무엇보다 우리 몸이 물질로는 환산할 수 없는 가치를 지닌 이유, 그것은 바로 몸이 영혼과 정신을 담는 그릇이기 때문입니다.

그래서 전혜린 작가는 이렇게 썼지요.

사랑, 사랑이란 무엇일까?
한 개의 육체와 영혼이 분열할 때
탄소, 수소, 질소, 산소, 염, 기타 각 원소로 환원하려고 할 때
그것을 막는 것이 사랑이다.

사랑과 교양을 담고 있으며 자연과 문학, 음악을 느끼는 감성을 담은 그릇. 그렇게 영혼을 담고 있기에 우리 육체는 계산기로 두드릴 수 없는 대단한 가치를 지녔습니다.

그렇다면 우리가 이뤄 내야 할 성취, 그것 역시 '사랑'에 두어야 하지 않을까요? 국어사전으로 성취를 찾아보면 '목적한 바를 이룸'이라

고 쓰여 있습니다. 사람마다 소원을 성취하고 싶어 하기 때문에 소원을 비는 바위도 있고 소원 성취를 비는 부적도 있습니다. 그런데 사람마다 소원이 다 다릅니다. 건강을 비는 소원도 있고, 합격을 비는 소원도 있습니다. 결혼이 성사되기를, 순조롭게 출산하기를 비는 소원도 있습니다. 사업에 성공하기를, 돈 많이 벌기를 바라는 소원도 있습니다. 그렇다면 진정한 성취란 무엇일까요?

구스타프 클림트의 그림 중에 〈성취〉라는 작품이 있습니다. 이 그림 속에서 두 연인은 서로 부둥켜안고 있습니다. 두 연인을 둘러싼 환경은 복잡해 보입니다. 사방으로 뻗어 나간 가지는 인생이 복잡다단하다는 것을 말해 주는 듯합니다. 그러나 두 연인은 복잡한 인생사에는 초월한 듯, 아니 다른 삶의 면면은 외면하고 싶은 듯 다른 곳은 보지 않고 오로지 서로 밀착되어 있습니다.

구스타프 클림트에 대한 개인적인 이야기는 잘 알 수 없습니다. 클림트는 자신의 그림에 대해 설명하지 않았습니다.

"누구든 나를 알고 싶으면 내 작품을 들여다봐라. 그 안에서 나와 내 작품을 이해해 달라."

이렇게 말한 그는 〈성취〉라는 그림에 대해 설명하지 않았습니다. 그래서 무슨 의도로 이런 그림을 그렸는지 알 수가 없습니다. 그러나 그림을 보면 그가 평생에 걸쳐 가장 이루고 싶었던 것은 사랑이 아니었을까 생각하게 됩니다. 그는 키스와 포옹을 좋아하고 여자를 좋아했지만 평생 독신으로 살았습니다. 그는 여자를 좋아하면서도 너무 가까이 다가오는 것을 불안해 했습니다.

그의 그림을 보면 사랑하는 사람 주변은 항상 위태롭게 묘사되어 있습니다. 가장 유명한 작품 〈키스〉에서도 두 사람이 키스하는 곳 바로 옆은 절벽 끝입니다. 자칫하면 나락으로 떨어질 위기에 처해 있습니다. 그는 사랑을 갈망하면서도 사랑에 불안해 했습니다. 사랑은 해피엔딩이 아니라는 것을 너무나 잘 아는 그에게 사랑은 그리움과 파멸의 두 가지 이름이었습니다. 그런 그에게 성취란 바로 사랑하는 사람과 따뜻하게 안고 있는 바로 그 순간, 그 찰나가 아니었을까요.

영화 〈클림트〉에서도 클림트는 한 여자의 이름을 계속 부릅니다. 가설의 명수라는 라울 루이즈 감독이 연출한 〈클림트〉에서 클림트는 '레아'를 부르며 찾아 헤맵니다.

레아, 레아, 레아…….

클림트에게 사랑은 인생을 다 걸고 이루고 싶은 성취의 대상이었습니다. 이룰 수 없는 동경이었습니다.

진정한 성취, 진짜 이룬다는 것은 무엇일까요?

오래전부터 "만일 내일 당장 세상에 종말이 온다면 뭘 하겠는가?" 이런 질문을 던지는 철학자가 많았습니다. 스피노자는 "내일 종말이 온다고 해도 나는 오늘 사과나무 한 그루를 심겠다."고 말했습니다.

어느 잡지에서 비슷한 설문 조사를 한 적이 있는데 "내일 종말이 온다면 가장 먼저 사랑하는 사람에게 달려가겠다."고 대답한 사람이 많았다고 하지요.

일생을 두고 성취하고 싶은 일, 생의 마지막 순간에 꼭 하고 싶은 일, 그것은 역시 사람과 사람 사이의 사랑인 듯합니다. 그런데 사랑이 다가오기를 바라면서도 그 사랑을 불안해 하는 사람도 많습니다. 사랑을 진정한 성취로 생각하지 않습니다. 왜 그럴까요?

비누는 쓸수록 녹아 없어지는 하찮은 물건이지만 때를 씻어 준다.

물에 잘 녹지 않는 비누는 좋은 비누가 아니다.

자기를 희생해서 사회를 위해 일하려 하지 않고 자기 힘을 아끼는 자는 나쁜 비누와 마찬가지다.

백화점왕이라고 불리는 존 워너메이커는 언제나 그렇게 좋은 사람과 나쁜 사람을 비누에 비교하곤 했습니다. 비누는 닳으면서 자신의 몫을 다합니다. 촛불 또한 녹으면서 자신의 할 일을 합니다.

하물며 하찮은 비누도 제 한 몸을 희생해 가며 할 일을 합니다. 그러나 우리는 너무 몸을 사리고 있는 건 아닐까요? 너무 희생을 두려워하는 건 아닐까요?

캐나다의 유명한 육상 코치 에스 퍼시빌도 말했습니다.

"힘을 아끼지 말라. 보류하기 때문에 지는 것이다. 100퍼센트 쏟아부어라."

한수산 작가도 "산다는 건 자기가 가진 것을 쓰는 일"이라고 했습니다.

몸도 쓰고, 마음도 쓰고, 자기가 가진 재능과 능력도 쓰고, 목숨도

쓰고……. 그게 바로 우리가 살아가는 일입니다. 인생은 얻어 가는
것이 아니라 잃어가는 것입니다. 사랑은 높아지는 게 아니라 낮아져
가는 과정입니다.

그러므로 진정한 성취란 얻는 게 아닙니다. 기꺼이 잃는 것입니
다. 높아지는 게 아닙니다. 기쁘게 낮아지는 것입니다. 채워 가는 것
이 아닙니다. 웃으며 비우는 것입니다.

그리운 이를 가슴에 호출해 봅니다. 가슴 한구석부터 천천히 따뜻
해집니다. 행복해집니다. 더 이룰 것이 무엇인가요. 사랑이 있다면
다 이룬 것입니다.

내 인생의 가장 특별했던 순간

박완서의 소설 『여덟 개의 모자로 남은 당신』

어떤 날은 머릿속에서 달력이 거꾸로 팔락거립니다. 갑자기 세월이 거꾸로 흘러서 단숨에 과거의 어떤 시간으로 돌아가게 됩니다. 어느 땐 초등학교 입학식장에서 손수건 달고 서 있던 그날로 가기도 하고, 또 어느 땐 설레는 첫 데이트 현장으로 가기도 합니다.

그렇게 타임머신을 타고 과거의 어느 시간으로 가 본다면 꼭 한 번 가고 싶어지는 시간, 내 인생에서 가장 행복했던 순간은 그리 거창한 사건이 있었던 시간이 아닙니다. 오히려 가장 평범한 일상의 시간입니다.

식탁에 마주 앉으면 살아 있음에 대한 안타까운 감사와 사랑으로 내일 걱정을 잊었다. 그 시간, 구미에 맞는 한 그릇의 두부찌개는 누가 천 년까지 먹고 살 보화를 가지고 와서 바꾸자고 해도 거들떠도 안 볼

만큼 값진 것이었다. 남들이 십 년 후를 근심하고 백 년을 위한 계획을 세우는 동안 우리는 순간을 아까워했다.

일생의 가장 행복했던 순간은 두부찌개를 먹던 식사 시간이었다고 회상하는 소설 『여덟 개의 모자로 남은 당신』. 남편이 저세상으로 떠난 후에 그가 남긴 모자 여덟 개를 보며 회한과 추억을 서술하고 있는 박완서 선생의 자전적 소설입니다.

오동나무 이층장 위 칸에는 남자 모자가 여덟 개나 들어 있습니다. 그리고 그 장 위에는 한 남자의 사진이 놓여 있습니다. 사진 속의 그는 미소 짓고 있습니다. 그러나 쓸쓸하고 복잡한 미소입니다.

남편의 폐암이 뇌로 전이되면서 죽음은 빠르게 다가오고 있었습니다. 하지만 아내는 거짓 희망으로 그를 들볶았습니다. 병원 약과 방사선 치료만으로도 지칠 대로 지친 그에게 좋다는 한약, 생약을 다 실험하려 들었습니다. 온갖 채소와 약초, 녹즙을 그의 입에 넣으면서 꼭 고쳐 놓고 말 테니 두고 보라고 장담했습니다. 매일 밤 그의 손을 꼭 붙들고 잠들었습니다. 행여 잠든 사이에 영혼이 육신을 훌쩍 떠나가지 않도록……

이렇게 결코 그를 혼자 죽게 내버려 두지 않을 것처럼 굴면서 아내는 뒤로 조금씩 장사 치를 준비를 했습니다. 그리고 딸을 시켜 환갑 때 찍은 사진 중에서 부부 사진을 사진관에 보내 아버지만 홀로 떼어 내어 영정으로 쓰기에 적당한 크기로 확대해 오게 했습니다.

미리 영정 사진을 받아 보고 아내는 그만 나쁜 짓을 하다가 들킨 것처럼 가슴이 뜨끔하고 말았습니다. 그의 미소는 거짓 희망에 속아 주고 있을 뿐 정말 속고 있는 건 결코 아니라고 말하는 것 같았습니다. 쓸쓸함 때문에 우는 것 같기도 하고, "괜찮아, 괜찮아." 위로하는 것 같기도 했습니다.

죽을 날을 받아 놓고 살아가는 세월……. 마지막 일 년은 참으로 아까운 시절이었습니다. 외출한 남편을 기다리며 아내는 저녁 식사를 준비했습니다. 부엌 조리대 작은 창을 통해 버스 정류장을 내려다볼 수 있었는데, 그가 저녁노을 속으로 돌아오고 있었습니다. 손엔 2홉들이 소주병을 달랑 들고…….

아내의 눈에 그의 존재가 시간과 마찰하면서 빛나 보였습니다. 마치 신혼 때처럼 가슴을 울렁이며 그를 마중했습니다. 식탁에 마주 앉으면 살아 있음에 대한 감사와 사랑으로 두부찌개 한 그릇도 소중했고 십 년 후, 백 년 후의 계획보다 그 순간이 아깝고 소중했습니다.

그동안 그에겐 모자 일곱 개가 생겼습니다. 항암 치료로 머리가 빠지면서 자식들이 사들였기 때문입니다. 매일 아침 모자 일곱 개를 번갈아 쓰며 멋 부리는 버릇도 여전했습니다.

"어때? 나 예술가 같지?" 하고 그가 물으면 "예술가 좋아하시네. 꼭 난봉꾼 같네." 하고 응수하곤 했습니다. 미국 사는 막내가 무엇을 사 갈까 물었을 때 아내는 모자를 사 오라고 했습니다. 그것이 여덟 번째 모자였습니다. 남편은 마지막 순간까지 집에서도 늘 그 모자를

 쓰고 있었습니다.

그의 유품 중에 다른 것은 다 나눠 줬지만 모자는 아내가 가졌습니다. 아내는 요새도 그가 남긴 모자 여덟 개를 꺼내 봅니다. 그 안에서 머리카락 한 오라기라도 찾으려고 더듬어 보지만 번번이 헛손질로 끝납니다. 아침마다 우수수 지던 그 숱한 머리카락은 지금 얼마만큼 멀리 흩어져 티끌로 떠도는 걸까……. 아내는 생각합니다.

삶의 마지막에서 가장 소중했던 순간은 특별한 곳을 여행하는 시간이 아니었습니다. 먼 훗날의 계획을 도모하는 시간도 아니었습니다. 부부가 두부찌개를 앞에 두고 마주 앉는 시간, 소주 한 병 사들고 걸어오는 남편을 마중하는 시간이 가장 가슴 벅차게 행복한 순간이었습니다.

가장 빛나는 시간은 그렇게 일상 속에 스며들어 있다는 걸, 가장 설레는 시간은 그렇게 그 사람과 시선을 맞추는 때라는 걸 왜 자꾸 잊어버리고 사는 걸까요?

영화 〈시티 오브 엔젤〉에서 남자가 "공기 냄새를 맡고 물맛을 보며 그녀의 머릿결을 만져 볼 수 있다면 소원이 없겠어."라고 말합니다.

그가 그토록 원했던 것은 아주 사소한 것이었지요. 어쩌면 우리에게 주어진 일상, 이 평범한 하루가 가장 행복한 천국의 하루인지도 모릅니다.

햇살을 받으며 자전거 타기, 우체통에 직접 쓴 편지 집어넣기, 편안하게 낮잠 자기, 우산 쓰지 않고 비 맞아 보기, 아버지를 두 팔에 안아 보기, 어머니를 업고 일곱 걸음 걸어가기……. 행복해지기 위한 방법은 이렇게 아주 사소하고 쉽습니다.

내 인생의 가장 아름다운 꽃봉오리

베빈다의 노래 〈다시 스무 살이 된다면〉

어느 날 갑자기 찾아오는 순간이 있습니다. 처음으로 아장아장 걷기 시작하는 순간, 처음으로 말하는 순간, 사춘기가 되어 턱수염이 난 걸 보는 순간, 첫사랑의 몸살을 앓던 순간, 결혼하고 부모가 되는 순간, 이마에 늘어난 주름을 확인하는 순간…….

우리 삶은 그렇게 하나하나의 순간이 계단을 이루며 현재까지 연결되어 있습니다. 생각해 보면 우리 삶은 느리게 올라가는 계단이 아니라 아주 빠르게 올라가는 초고속 에스컬레이터와 같습니다.

앞으로 올 순간이라고 다르지 않겠지요. 이러다가 어느 순간, 몇 개 되지 않던 흰머리가 검은 머리보다 많아진 걸 발견하게 될 테고, 틀니를 끼게 되는 순간이 오겠지요. 그리고 조용히 생을 반추하는 시간이 다가올 겁니다.

그때 지난날을 돌아보면 과연 어떤 회한이 찾아올까요?

세월이 흘러 청춘을 돌아보는 노래가 있습니다. 베빈다의 〈다시 스무 살이 된다면〉이라는 곡입니다.

1961년 포르투갈에서 태어나 두 살 때 프랑스로 건너간 베빈다는 지방의 작은 무대에서 노래하기 시작했습니다. 아말리아 로드리게스처럼 정통파 파두(포르투갈의 대표적 대중 가곡) 가수와는 거리가 있고, 그래서 정통파에게 파두의 이단이라는 비난을 받기도 했지요. 그러나 다양한 악기를 도입한 현대적인 스타일의 파두를 추구하면서 대중에게 파두를 알리는 역할을 많이 했습니다. 특히 양희은의 노래 〈사랑, 그 쓸쓸함에 대하여〉를 번안해 〈이젠 됐어요〉라는 제목으로 부르면서 우리나라에도 많이 알려진 가수지요.

베빈다는 〈다시 스무 살이 된다면〉에서 노래합니다.

내가 만약 다시 스무 살이 된다면
신이여 당신을 사랑하고 그러했듯이
침울해 보이는 내 눈빛
그대에 대한 하늘의 기대,
그대와 나눈 키스…….

장미를 깨문 것처럼
당신을 기다린 것처럼
그때의 시간에서 지평선이 사라져 버리고 샘물이 말라 버린다 해도 인생의 가장 빛나는 시절 스무 살. 가장 사랑할 수 있고 가장 꿈꿀 수 있는 나이였지만 그때는 아무것도 모른 채 보내 버린 것이 참 많습니다. 장석주 시인도 스무 살 때는 참 한심했다고 그의 시에서 고백합니다. 아무것도 이룬 것이 없었고, 하는 일마다 실패투성이였고, 몸은 비쩍 말라 누구 한 사람 거들떠보지 않았고, 그래서 그의 생은 불만으로 가득 찼고, 조급함을 견뎌야만 했다고. 게다가 불안은 수시로 그를 찌르고 미래는 어둡기만 했다고 시인은 회고합니다.

그러나 스무 살 시절은 바닷속을 달리는 등 푸른 고등어처럼 생의 가장 아름다운 시기를 통과하던 시절이었음을 아주 나중에서야 알게 됩니다. 산책의 기쁨도 알지 못했고, 밤하늘의 별을 헤아릴 줄도 몰랐고, 사랑하는 이에게 "사랑한다."는 말을 건넬 줄도 몰랐던 그 시절, 인생의 가장 아름다운 시기인 스무 살……. 다시 스무 살로 돌아가고 싶은 이유를 베빈다는 노래합니다.

세월이 흘러 당신의 머리에 눈이 내리고, 우리 삶이 허물어져 버려도
만약 내가 다시 그대를 느낄 수 있다면 좋겠어요.
내가 다시 스무 살이 된다면,
오직 다시 당신을 사랑하기 위해…….

다시 스무 살이 된다면 그녀가 하고 싶은 것은 오직 '당신을 사랑

하는 일'이었습니다.

　지금 내 스무 살 시절을 회상하는 것처럼 언젠가는 이 시간을 회상하겠지요. 그때 이 시간을 어떻게 회고하게 될까요? 먼 훗날 떠올리는 이 시간에 내가 가장 후회하게 될 일은 무엇일까요?

　인생을 한 번 더 살 수 있다면
　좀 더 많은 시간을 축복과 기뻐하는 데 쓰리라.
　내가 가진 것을 향유하는 데 시간을 쓸 것이며,
　내가 갖지 못한 것을 생각하는 데 시간을 낭비하지 않으리라.

　인생을 한 번 더 살 수 있다면,
　우산도 없이 빗속을 걸으리라.

　인생을 한 번 더 살 수 있다면,
　나는 내 손자나 아이처럼 행동할 것이며,
　더는 내 나이처럼 살아가지 않으리라.

　나는 좀 더 피아노를 칠 것이며
　아내와 아이들에게 더는 충고하지 않을 것이며,
　누가 멋진 생각이나 황당한 모험,
　즉각적인 것을 제의해 온다 해도,
　"시간 없어!" 하고 거절하거나 망설이지 않으리라.

"그래, 하자!" 하면서 당장 같이 뛰어나가리라.

인생을 한 번 더 살 수 있게 해 준다면…….

이렇게 글을 쓴 브라더 목사처럼 세월이 지난 후에 지금을 돌아보면 "그때 그럴걸." 하고 후회되는 일이 있을 겁니다.

내 인생에 결코 없어서는 안 될 사람은 바로 이 순간에 만나는 사람인데도, 내 인생에 가장 중요한 일은 바로 이 순간에 하는 일인데도 소중한 줄 모르고 그냥 보내 버리는 것은 아닐까요?

『지상 최고의 세일즈맨』의 작가 오그 만디노가 말했습니다.

오늘 누구를 만나든 최후의 날을 보내고 있는 사람을 대하듯 사랑과 관심으로 대하라. 택시 기사에게든, 내게 길을 물어본 사람에게든, 커피 자판기 앞에서 만난 사람에게든, 그 사람이 오늘 최후의 날을 보내고 있는 사람이라 여기고 그에게 관심과 사랑을 표현하라.

만일 최후의 날에 단 한 사람과 시간을 보낸다면 그 시간이 얼마나 절실하고 소중할까요? 지금 내 곁에 있는 그 사람이 가장 소중하고 중요한 사람입니다. 오늘 이 시간이 내 생애 가장 멋진 날, 가장 황홀한 시간입니다. 오늘은 내 생의 절정이고, 새로운 '시작의 날'이며, '한창때'입니다. 오늘은 내 남은 생에서 가장 젊은 날, 내 인생의 가장 아름다운 꽃봉오리, '화양연화'입니다.

고독을 친구 삼아
팔로마 베르간자의 노래 〈내 고독〉

외롭다…… 외롭다…… 외롭다…….

한숨처럼 내뱉어질 때가 있습니다.

'옆구리가 시리다.'는 표현보다 '옆구리가 저리다.'는 표현이 적절합니다. 인연은 늘어 가는데 혼자인 기분 역시 더 늘어 갑니다. 모순입니다.

언제 외롭냐고 물으면 답을 못합니다. 때때로 외롭다가, 종종 외롭다가, 수시로 외롭다가, 자주 외롭다가, 매일 외롭다가, 나중에는 언제나 외로워지는 것. 그것이 우리 인생입니다.

"왜 외로운데?"라고 물어도 딱히 대답하지 못합니다. 함께 있어도, 홀로 있어도, 군중 속에 있어도 외롭습니다. 그냥 외롭습니다. 외로워서 눈물이 납니다.

우리는 모두 그렇게 외롭습니다. 바쁘면 바쁜 대로 외롭습니다.

  잘나가면 잘나가는 대로 외롭습니다. 다 가진 사람도 외롭고 덜 가진 사람도 외롭습니다. 못 가진 사람은 더 외롭습니다. 사랑을 하는 사람도, 사랑을 기다리는 사람도, 사랑을 잃은 사람도 외롭습니다.

어쩌면 외로움은 우리 인생의 원형인지도 모릅니다. 고독이 인생의 운명성인지도 모릅니다.

외로움을 달래기 위해 타인에게 기댔다가 오히려 상처를 입기도 하지요. 외로움을 극복하기 위해 뭔가를 시도했다가 더 외로워지기도 합니다. 그러면서 알아 갑니다. 인생은 그냥 외로운 것임을…….

외로움이라는 마음의 병이 스멀스멀 침범할 때 듣고 싶어지는 노래가 있습니다. 이 노래는 '노래하는 음유시인' 또는 '고독의 시인'이라고 불리는 조르주 무스타키의 노래로 잘 알려져 있습니다. 그러나 스페인 출신의 가수 팔로마 베르간자가 부르는 노래가 더 절절하게 닿아 옵니다. 같은 여자여서 그럴까요. 그녀의 목소리에서 나와 동질의 외로움이, 나와 같은 상실감이 느껴지며 가슴 한구석이 먹먹해 옵니다.

나는 고독과 늘 함께했지.
그래서 고독은 마치 친구처럼, 친숙한 습관처럼 되었어.
고독은 그림자처럼 친숙하게 나를 따라다녔지.
내가 가는 곳은 어디나 따라다녔어.
이제 난 외톨이가 아니야.

　혼자 있는 외로움을 말하는 단어 '고독'. 그런데 고독이 있기 때문에 나는 외톨이가 아니라니……. 고독을 친구 삼을 줄 아는 경지에 달하면 외로움도 더는 외로움이 아니게 되는 걸까요?

　사실 외로움을 느끼게 된 건 그리 오래전 일이 아닙니다. 성장하는 동안은 외로움을 느끼지 못합니다. 성숙해 가면서, 그러니까 늙어 가면서 점점 외로움을 느낍니다.

　어린 아이는 고독할 틈이 없습니다. 뛰어놀고, 소리 지르고, 장난치고……. 종일 외로울 시간이 없습니다. 그런데 어른이 되면서 고독한 시간이 늘어납니다. 혼자 있는 시간도 점점 늘어나고, 타인과 함께 있을 때도 여지없이 고독은 침범합니다.

　그렇게 세월이 흐르다 보면 언젠가는 고독을 즐기게 되는 날이 옵니다. 고독 속에서 자신을 들여다보고 고독 속에서 삶의 의미를 반추하게 됩니다.

　고독 앞에서는 내가 보내 버린 사람이 떠오릅니다. 고독 앞에서는 내가 방치해 버린 감정이 떠오릅니다. 그래서 고독 앞에서는 겸손해지고 미운 것이 없습니다. 고독 앞에서는 다 고맙습니다.

　그러므로 고독하다는 것은 사랑할 준비가 되어 있다는 뜻입니다. 당신이 그립다는 뜻이고, 당신을 맞이할 준비가 되어 있다는 뜻입니다.

　　　이 노래를 만든 조르주 무스타키는 이미 그것을 알아 버렸을까요? 노랫말을 이어 가네요.

고독은 내 침실에 나와 함께 누워 내 공간을 채우지.

그리고 우리는 긴 밤을 단 둘이 마주 보며 지내지.

고독이 어디론가 가 버릴지도 몰라.

난 고독을 좋아해야 할지 알 수가 없어.

나는 고독에게 많은 것을 배웠지.

심지어 눈물을 흘리는 법까지 배웠어.

나는 가끔 고독을 버리려고 했지만

고독은 나를 결코 버리지 않았어.

만약 당신이 다른 사람의 사랑을 택한다 하더라도

고독은 끝내 내 동반자가 되어 줄 거야.

고독은 그렇게 누가 곁에 있다고 사라지는 건 아닙니다. 혼자 있어도 마음 가득 충만감을 느끼는가 하면, 아주 많은 사람의 혼잡 속에서 혼자를 느끼기도 합니다.

고독을 즐기는 단계까지 가게 되면, 그건 이미 사는 것에 대해 내 공이 쌓인 거겠지요. 고독을 친구 삼을 줄 알게 되면, 고독이 함께하기에 나는 외톨이가 아니라고 느끼게 되면, 그는 이미 철학자입니다.

세상의 외로운 사람들……. 사랑을 간직한 사람이든, 사랑을 잃어

버린 사람이든, 사랑하는 사람이 고독한 건 마찬가지. 나라의 독립을 열망하든, 간직한 꿈을 이루길 열망하든, 꿈꾸는 사람이 고독한 건 마찬가지.

마음 깊숙이 숨겨 둔 비밀이 없는 사람은 없습니다. 들키기 싫은 부끄러움이든, 차마 고백하지 못하는 사랑이든, 비밀이 있는 사람이 고독한 건 마찬가지입니다.

고독은 어쩌면 그렇게 살아온 날의 수만큼 마음에 존재하는 것인지도 모릅니다. 그래서 프랑스 작가 폴 발레리가 "연륜만큼 고독하다."고 말한 거겠지요.

언젠가부터 고독이 그리 두렵지 않네요. 혼자에 익숙해져 가네요. 고독을 친구 삼을 줄 알게 되네요. 그러므로 슬퍼할 일은 아니네요. 연륜이 쌓여 가는 일은.

나는 나를 사랑합니다

레오 버스카글리아의 책『살며 사랑하며 배우며』

작은 일에도 절망하는 연약한 정신이 싫다. 나이가 들어도 철들지 않는 감상주의가 싫다. 늘 시간에 쫓기며 사는 게 싫다. 정을 다 쏟고 난 후에 배신감에 우는 내가 싫다. 남의 성공을 부러워하는 내가 싫다. 순수를 지향하면서도 머릿속에서는 계산기를 돌리고 있는 내가 싫다. 아주 작은 일에 분노하는 내가 싫다. 살아가려고 종종걸음 치다가 불쑥 팔자타령이 터져 나오는 내가 싫다. 아주 작은 것을 쥐고도 그것조차 잃어버릴까 봐 두려워하는 내가 싫다. 나를 몰라준다며 세상 탓이나 하는 내가 싫다. 지나가다가 문득 보게 된 번쩍이는 자동차 백미러에 비친 내가 초라해서 싫다. 아주 작은 성과에 우쭐대는 내가 싫다. 후배가 건방지게 굴어서 슬픈 내가 싫다. 작은 것을 내놓고도 보상 따위를 바라는 내가 싫다. 방향 감각 없는 내가 싫다. 길치인 내가 싫다. 나는 내가 싫다.

아, 내가 싫다. 정말 싫다…….

나 자신이 미워지는 때는 왜 이렇게 많은지요. 그런 어느 날 책을 정리하다가 오래된 책 한 권을 들게 되었습니다. 노랗게 색이 바랜 책장을 열었습니다.

명강의로 알려진 철학 박사며 교육학 교수인 레오 버스카글리아. 그의 강의록인 『살며 사랑하며 배우며』. 이 책은 미국인에게 영향을 미친 100권의 책 중 첫 번째로 꼽힐 만큼 많은 사람에게 사랑을 받은 명저입니다.

그 책장을 펴다가 가슴을 치는 글귀를 만났습니다.

네가 가진 것은 오직 너 자신뿐이다.

그러므로 너 자신을 이 세상에서 가장 아름답고 훌륭한 인간으로 만들어야 한다.

자기 자신을 소중히 여기지 않는 자에게 레오 버스카글리아는 따끔하게 질책합니다.

자기 자신을 사랑하지 않는다면 사랑할 수 있는 방법을 배워야 한다.

여러분은 전혀 새로운 자신을 창조해 낼 수 있다.

현재 처해 있는 환경이 마음에 안 든다면 그것을 부숴 버리고 새로운 환경을 창조하라.

현재 가지고 있는 성격상 기질이 마음에 안 든다면 그것을 던져 버리고 아름다운 성격이 되도록 하라.

당신 자신으로 돌아가라.

나를 사랑하지도 않으면서, 나 자신을 싫어하면서 어떻게 이웃을 사랑할까요? 어떻게 가족에게 사랑을 줄까요? 자기 자신을 사랑하지 못하면 남을 사랑할 수 없는데……. 순간 따끔한 회초리를 맞은 것처럼 마음이 먹먹해졌습니다.

우리가 숨을 거두고 천당에 가서 조물주를 만났을 때 조물주는 우리에게 왜 구세주가 되지 못했느냐고 묻지 않을 것이다.

왜 이런저런 병의 치료약을 발명하지 못했느냐고도 묻지 않을 것이다.

그 소중한 순간에 우리에게 던져질 질문은 단 한 가지.

'너는 왜 너 자신으로 살지 못했는가?' 하는 물음일 것이다.

'나 자신으로 살아가기'는 곧 '나 자신을 사랑하기'의 방법임을 깨달았습니다. 그런데 우리는 내 마음의 만족보다 타인의 시선을 의식하곤 합니다. 기왕이면 세상 사람이 모두 나를 인정해 주길 바랍니다. 기왕이면 세상 사람이 모두 내 사람됨을 인정해 주길 바랍니다. 그러나 타인이 나를 인정해 주지 않으면 나는 내가 싫어집니다.

그런데 조선시대 사상가 허균은 말했습니다.

 "모든 사람에게 인정 받는 일은 좋은 일이 아니며 모든 사람에게 인정 받는 사람됨은 또한 좋은 인격이 아니다."

그러고 보면 모든 사람이 다 찬성하는 일만 하며 살 수도 없고, 모든 사람에게서 좋은 얘기를 듣는 것도 덜 인간적이라는 생각이 듭니다. 어느 쪽에선가 비평의 대상은 될 수 있으니까요.

내 의견은 모두 옳아야 하고, 모든 사람이 날 좋아해야 하고……. 이런 완벽주의는 나 자신을 피곤하게 만듭니다. 몇몇 사람은 적으로 둘 수도 있고, 어떤 일은 실수도 하고, 그렇게 완벽하지 않은, 조금 빈 듯한 인생을 인정해야 합니다. 내 안의 모난 모서리와 결핍과 여백을 인정하는 마음……. 그렇게 자신을 조금은 넉넉하게 풀어 줄 필요가 있습니다.

나는 위대한 인물에게서는 매력을 느끼지 못한다.
나와 너무 다르기 때문이다.
나는 그저 평범하되 정서가 아주 섬세한 사람을 좋아한다.
동정을 주는 데 인색하지 않고 작은 인연을 소중히 여기는 사람, 수줍음을 잘 타고 겁이 많은 사람, 그리고 순진하고 아련한 애수를 지닌 그런 사람에게 매력을 느낀다.

찰스 램이 그의 수필에서 썼던 것처럼 나에게서 내 매력을 찾아봐야 합니다. 평범한 나, 잘나지 못한 나, 그런 나를 내가 좋아해 줘야 합니다.

선과 악 중에서는 그래도 착한 쪽에 있는 나, 심술과 친절 중에서는 조금은 친절한 편인 나, 사랑과 증오 중에서는 분명 사랑이 많은 편인 나, 바보와 똑똑이 중에서는 어벙하고 어리숙한 나. 그런데 차가운 똑똑이로 사는 것보다 따뜻한 바보로 사는 게 좋은 나……. 그런 내가 누가 뭐래도 사랑스럽다면 나에게 이렇게 칭찬해 보는 것도 좋겠지요. 난 참 괜찮은 사람이라고.

후회하지 않을 자신

에디트 피아프의 노래 〈난 아무것도 후회하지 않아요〉

후회라는 것, 부질없지요. 돌이킬 수 없는 걸 돌이키려는 못난 마음입니다. 그걸 모르는 사람은 없습니다. 그러면서도 우리는 후회합니다.

우리가 후회하는 일에는 어떤 것이 있을까요?

그때 내가 왜 그랬을까, 그때 내가 왜 말했을까……. 이렇게 과거에 했던 일에 대한 후회도 물론 있지요. 그러나 대부분의 후회는 주로 이런 것입니다. 그때 말했어야 했는데, 그때 갔어야 했는데, 그때 붙잡았어야 했는데……. 이렇게 행하지 못한 것에 대한 후회가 더 많습니다.

황지우 시인은 「뼈아픈 후회」라는 시에서 아무도 사랑해 본 적이 없다는 것이 뼈아픈 후회라고 썼습니다. 사랑해 보고 나서 그 사랑은 하는 게 아니었다고 후회하는 사람과 무슨 무슨 (주로 이기적인) 이유

로 사랑하지 않았거나 사랑을 보내 버리고 후회하는 사람 중에 어느

쪽인가요?

그 어떤 삶의 질곡 속에서도 사랑하는 마음을 놓지 않은 사람이 있습니다. 노래하는 작은 거인 에디트 피아프.

150센티미터도 안 되는 작은 키에 화려하지 않은 검은 옷, 가녀린 어깨 위에 무거운 머리, 사람들이 이해할 수 없는 이야기를 품은 듯 깊은 눈길, 엄청난 파괴력을 지닌 강렬한 목소리, 절절한 사랑과 인생을 노래했던 검은 원피스의 노래하는 작은 새 에디트 피아프.

그녀는 거리의 곡예사 부부에게서 태어났습니다. 아이를 낳은 후 엄마는 도망가 버리고 아버지도 할머니에게 아기를 맡기고 떠나 버렸습니다. 그 아이가 조금 자라자 아버지가 와서 데려갔는데, 아버지는 길거리에서 곡예를 부리는 동안 에디트 피아프에게 모자를 돌려 돈을 걷게 했지요. 그때 그녀는 여섯 살이었습니다.

그렇게 너무도 어린 나이에 에디트 피아프는 노래 인생이라는 무대에 등장했습니다. 아버지는 베르네에서 여관을 운영하는 그의 친어머니에게 에디트 피아프를 부탁했지요. 그 여관은 거리의 여자들이 사는 곳이었습니다. 여관에 사는 여자들은 에디트 피아프를 무척 귀여워했지만 그녀는 어느 날 눈이 멀어 아무것도 볼 수 없게 되었습니다. 캄캄한 세상을 더듬어 알기 위해서 그녀의 손은 후천적으로 놀라울 정도로 예민해졌습니다.

그 후 눈은 떴지만 험난한 인생은 계속됐지요. 길거리에서 노래도

 부르고, 나이 많은 남자와 살면서 아이도 낳고, 생활이 해결되지 않으면 몸을 팔면서 힘들고 험한 삶을 이어 가야 했습니다. 그러다가 열일곱 살 때 상품 배달원을 만나 아이를 낳은 에디트 피아프. 그런데 세 살도 되지 않은 어린 아이가 죽고 말았습니다. 아이를 묻기 위해 병원 측에서 요구한 10프랑을 구할 수 없었던 그녀는 그 돈을 구하기 위해 몸을 팔아야 했습니다.

그러던 어느 날 에디트 피아프는 운명을 바꿔 놓을 만한 사람을 만났습니다. 거리에서 종일 노래하던 그녀가 카바레 주인 루이의 눈에 띈 것입니다. 루이는 그녀에게 '피아프', '새'라는 예명을 지어 주고 노래를 부르게 했습니다. 그리고 검은 원피스를 입게 했습니다. 그런데 이 남자가 살해 당하고 말지요. 그 충격과 함께 어머니가 마약 복용자로 감옥에 가고……. 그녀의 인생은 그 후에도 오랫동안 험난한 고비를 넘나들어야 했습니다. 그러나 쓰디쓸수록 인생은 아름답다고 믿고 싶었던 그녀는 "나에게 노래 없는 사랑, 사랑 없는 노래는 존재하지 않는다."고 말했습니다.

태어나면서부터 부모의 사랑을 듬뿍 받지 못했기 때문이었을까요. 그녀는 늘 남자의 사랑을 원했고 그것을 확인하고 싶어 했습니다. 어떤 남자든 불같이 사랑에 빠지고 그 사랑 때문에 고통 받고 상처 받아야 했습니다. 그녀와 열애에 빠졌던 남자들은 가수이자 배우 이브 몽탕, 작곡가 자크 필스, 시인 장 콕토, 권투 선수 마르셀 세르당, 미용사 테오 사라포까지…… 셀 수 없이 많았지요. 하지만 그녀가 가장 사랑했던 남자는 권투 선수 마르셀이었습니다.

미국에서 공연하던 중에 에디트 피아프는 프랑스에 있는 마르셀에게 와 달라고 애원했습니다. 배로 가겠다는 마르셀에게 비행기로 빨리 와 달라고 간청했습니다. 그런데 1949년 10월 28일, 뉴욕으로 가는 비행기가 추락하고 마르셀은 세상을 떠나고 말았습니다. 그 순간에도 에디트 피아프는 무대에서 노래하고 있었습니다. 마르셀에게 바치는 〈사랑의 찬가〉를······.

마르셀이 사고로 죽고 난 후 에디트 피아프는 자신이 그를 죽였다는 죄책감 때문에 노래를 부를 수 없었습니다. 병을 앓았습니다. 죽은 연인을 만나기 위해 영매술에 심취하기도 했습니다. 그러다가 "내 소원은 검은 치마를 입고 노래하다 죽는 것"이라며 미친 듯이 공연하고 노래를 불렀습니다. 주변 사람들은 "힘을 아껴야 해." 하고 걱정했지만 그녀는 이렇게 말하며 공연을 멈추지 않았지요.

"난 벌써 준비해 뒀어. 부랑자를 위한 소나무 관을 치수에 맞게 맞춰 놨다구."

1963년 3월 21일, 마지막 무대가 된 릴 오페라에서는 객석의 반이 비어 있었습니다.

"용기를 가져요! 우리는 당신을 사랑해요, 에디트 피아프!"

관객의 외침은 그녀의 귀에 와 닿지 않았습니다.

아냐, 후회는 없어. 아니, 아무 후회도 없을 거야.

지금껏 받은 친절도, 애달팠던 슬픔도 모두 잊으리라.

아냐, 후회는 없어. 아니, 아무 후회도 없을 거야.

하룻밤 왕이었던 사랑도 모두 사라졌네. 길을 잃었네.

지난날과 함께 지옥에 떨어졌네.

내가 가진 기억을 더는 갈망하지 않네.

좋은 기억과 나쁜 기억 모두 불 속에 던져 버렸네.

아냐, 후회는 없어. 아니, 아무 후회도 없어.

지금껏 받은 친절도, 애달팠던 슬픔도…… 모두 잊어버렸어.

왜냐하면 내 인생, 내 기쁨이 오늘 그대와 함께 시작되었기에…….

에디트 피아트는 노래하며 뜨겁고 치열했던 생을 마감했습니다.

그녀의 죽음은 프랑스 전체를 슬픔 속에 몰아넣었습니다. 10월의

가을…… 그날 뉴스는 단 하나였습니다.

에디트 피아프가 죽었다.

사람들은 파리의 공동묘지에 누워 있는 에디트 피아프를 여전히

찾아옵니다. 어떤 이는 혼자 와서 그녀의 노래를 읊조리기도 합니다.

시인 자크 프로베르는 "에디트의 초상을 그리기 위해서는 단 하나의 재료만으로도 충분하다. 그것은 사랑이다."라고 말했지요. 사랑과 노래……. 그녀의 인생에 그것 외에 다른 것은 없었습니다.

치열한 인생을 살았던 에디트 피아프는 생의 마지막 순간에 〈난 아무것도 후회하지 않아요〉라고 노래했습니다. 과연 우리는 인생의 마지막에 서서 후회하지 않을 수 있을까요? 후회하지 않을 자신이 있을까요?

진정한 사랑인지도 모르는데, 성공이나 명예의 굴레 때문에 그 사랑을 보내 버리고 있는 건 아닐까요? 진짜 가야 할 길인지도 모르는데 현실과 타협하며 포기해 버리는 건 아닐까요? 지금 놓쳐 버리면 나중에 후회하지는 않을까요?

지금 내가 할 수 있는 방법과 내가 보여 줄 수 있는 마음으로 최대한 친절하게 사랑하는 것, 힘든 사람의 손을 잡고 위로해 주는 것, 빈 어깨 위에 스웨터를 둘러 주는 것, 그의 손에 따뜻한 차 한 잔을 들려 주는 것……. 그것은 꼭 '성공한 후에', '부자가 된 후에' 하지 않아도 되는, '지금 해도 되는' 일입니다. 그러니 지금 사랑하고 서둘러 친절해야 할 일입니다.

미소를
짓는 시간

나는 누군가에게 어떤 사람인가

막심 고리키의 소설 「어느 가을날」

인간관계에서 아주 신기한 경험을 할 때가 있습니다. 내가 좋아하는 사람은 나를 좋아하고, 내가 싫어하는 사람은 나를 싫어합니다. 이것은 진리입니다.

거리에는 분명 일방통행 길이 있지요. 그러나 사람의 감정에는 절대 일방통행이 없습니다. 모든 감정은 쌍방 교류의 법칙을 가지고 있습니다. 내가 먼저 좋아하면 상대방도 나를 좋아하고 내가 미워하면 상대방도 나를 미워합니다.

결국 타인과 잘 지내는 방법은 다른 게 없습니다. 내가 먼저 그를 좋아하는 것이 최고입니다. 아니, 유일합니다.

사실 사람을 먼저 좋아한다는 게 말처럼 쉽지만은 않습니다. 그러나 그 사람의 장점을 많이 생각하고 단점은 되도록 생각하지 않는 것도 방법입니다. 사람을 좋아하는 일은 그렇게 어렵지만은 않습니다.

 사람마다 장점이 있고 그 사람만의 향기가 있는 거니까요.

만일 그 사람에게 받기를 원한다면 역시 먼저 줘야 합니다. 그런데 못난 마음이 언제나 따집니다. '나는 너한테 이렇게 잘하는데 너는 왜 그래?', '나는 이만큼 주는데 너는 왜 안 줘?', 사람과 사람 사이에 정을 나누는 것은 계산기나 저울이 필요한 일이 아닌데도 계산하고 재고 달고 측정합니다. 손해 볼 일은 절대 하지 않으려고 합니다. 그러면서 인간관계가 힘들다, 힘들다 합니다.

소설 속에서는 자기 자신은 슬픔이 가득한데도 타인에게 베풀고, 자신의 어려움이 혹독한데도 타인의 어려움을 더 동정하는 사람이 있습니다. 막심 고리키의 단편집 『아침을 기다리는 사람들』에 실린 「어느 가을날」은 가난한 지식인 청년이 거리의 여자를 만나 그녀를 통해 삶의 용기를 얻게 된다는 내용의 작품입니다.

소설 속 주인공은 젊은 시절 세상을 구원할 꿈으로 가득해 있었습니다. 하지만 주머니에는 동전 한 닢이 들어 있지 않았고, 입던 옷가지도 팔아 버려 추위에 떨고 있었습니다.

10월의 마지막 날 낯선 마을로 간 그는 누가 먹다 버린 음식 찌꺼기라도 떨어져 있지 않나 하고, 텅 빈 거리를 하릴없이 쏘다니고 있었습니다. 날이 저물고 갑자기 비를 실은 북풍이 불어닥쳤습니다.

추위와 굶주림에 떨며 노점 근처에 이르렀을 때, 한 여자가 비에 흠뻑 젖은 모습으로 귀퉁이에 웅크리고 앉아 있는 것을 보았습니다.

여기저기 상처를 입은 얼굴로 여자가 그를 쳐다보더니 말했습니다.

"당신도 배가 고픈 모양이군요? 그럼 여길 파 봐요. 틀림없이 빵이 있을 거예요."

여자가 말해 준 대로 그는 모래를 파기 시작했습니다. 그 순간 그동안 공부해 왔던 형법이나 도덕, 재산권 등은 까맣게 잊어버렸습니다.

여자와 함께 그는 드디어 빵을 찾아냈고, 빵을 입속에 구겨 넣으면서 비를 피할 곳을 찾아다녔습니다. 빗줄기는 점점 거칠어졌고, 강물은 더욱 사납게 울부짖고 있었습니다.

그들이 비바람을 피해 들어간 배 안은 비좁고 눅눅했으며, 찬비와 바람이 바닥으로 끝없이 들어왔습니다. 그녀가 자신을 학대한 남자들을 저주하며 슬피 울었지만, 그는 그녀를 달랠 여유가 없었습니다. 그저 너무 추워서 아래윗니를 서로 부딪치며 신음할 뿐이었습니다.

그때였습니다. 그녀의 자그마한 손이 그를 만지더니 추위에 떠는 그를 가만히 안아 주었습니다. 그녀의 온기로 그의 가슴속에서는 한 가닥 따스한 불꽃이 피어올랐고, 얼어붙었던 심장도 봄눈처럼 녹아내렸습니다.

소설 속에는 그때 그의 심정이 담겨 있습니다.

그 무렵 나는 자신을 어떤 '위대하고 적극적인 힘'으로 만들어 내기 위해 온갖 노력을 기울이고 있었습니다. 그런데 사회에서 멸시 받고 쫓겨난 비천한 존재, 웃음을 팔아서 연명하는 가엾은 여인이 자신의 몸으로 나를 데워 주고 있는 것이었습니다! 나는 그녀를 도와줄 생각

  조차 해 보지 않았는데, 그녀는 나를 도와주고 있는 것이었습니다.

그는 갑자기 눈물이 쏟아졌습니다. 눈물과 함께 심장에 들끓고 있던 온갖 괴로움과 원망, 어리석음과 더러움이 깨끗이 씻겨 나가는 것을 느꼈습니다.

그 후 그 가을날 그와 함께 하룻밤을 지낸 그녀를 찾기 위해 빈민가를 샅샅이 누비고 다녔지만 끝내 그녀를 다시 만날 수 없었습니다.

그는 생각했습니다.

"그 사이 그녀가 죽었다면…… 그것은 그녀를 위해 오히려 더할 나위 없는 축복이었으리라. 고이 잠들기를. 또 혹시 그녀가 살아 있다면…… 영혼이여, 평화롭기를."

남자에게 그토록 당했으면서 그들 때문에 그토록 슬퍼하면서도 또 다른 남자를 안아 주는 여자, 세상을 구원하리라는 대망을 품었으나 거리의 여자에게서 오히려 구원을 얻은 남자. 그렇게 지치고 외로운 영혼이 마음을 눕힐 언덕은 다른 사람의 어깨입니다. 뼛속 깊이 춥고 스산한 마음을 덥힐 난로도 다른 사람의 사랑이고, 슬프고 비참할 때 눈물을 씻어 줄 손수건 역시 다른 사람의 가슴입니다.

"누군가 자기 마음속에 불을 켜 준 거 같아. 나는 왜 그렇게 못했을까?"

영화 〈프렌치 키스〉에 나온 대사지요.

살다 보면 삶이 완전히 정전되어 버리는 것 같은 순간이 옵니다. 더는 난로도 작동하지 않고 등불도 없어서 마치 전기가 나가 버린 터널 속처럼 깜깜해지는 순간이 옵니다. 그럴 때 어두운 마음에 5촉 전구를 탁 켜 줄 사람, 차가운 마음에 따뜻한 난로를 켜 줄 사람, 터널을 안전하게 빠져나오게 손전등을 비춰 줄 그런 사람……. 누군가에게 그런 사람이 되어 줄 수 있다면 우리 삶은 결코 헛되지 않습니다.

"손을 잡는 순간 자기 넋의 반을 상대방에게 건네준다."는 말이 있습니다. 따뜻하게 손을 잡는 일은 서로 영혼을 나누는 일입니다.

지금 누군가에게 나는 어떤 사람일까요? 따뜻한 정감을 주는 사람일까요, 따지려 들며 내 이익만을 챙기는 사람일까요? 따뜻하게 손을 잡아 주는 사람일까요, 차갑게 등을 돌리는 사람일까요?

기다림은 내 힘

영화 〈부베의 연인〉

농담 삼아 말합니다. 휴대폰만 있었다면 첫사랑과 헤어지지 않았을 거라고.

서로 연락되지 않아 약속이 어긋나고, 서로 다른 장소에서 기다렸다가 쓸쓸히 발길을 돌리고, 보고 싶은 마음에 사랑하는 이의 집 앞으로 달려가 골목 가로등 아래에서 그 사람이 오기를 기다리고…… 비가 오면 비를 맞고, 눈이 오면 눈을 맞으면서 발을 동동 구르며 오래도록 기다리던 일, 그리 오래전 일이 아니지요.

그러나 지금은 기다리지 않아도 됩니다. 연락되지 않는 일이 없습니다. 휴대폰이 있으니까. 길을 찾지 못할 일도 없습니다. 내비게이션의 도움을 받으면 되니까. 모르는 것을 아는 데 시간이 걸리지 않습니다. 인터넷 덕택에.

무엇엔가 정성을 들이고 시간을 들이는 일이 점점 드물어집니다.

기다림은 점점 희귀 종목이 되어 갑니다. 기다림이라는 낱말조차 곧 실종되어 버릴 것만 같습니다.

기다리고 또 기다리고……. 오직 한 사람을 기다리는 사랑, 애가 타고 영혼이 말라붙고 심장이 오그라드는 기다림……. 이 시대에 과연 그런 기다림이 존재할까요? 무작정 서두르는 사람들…… 급하게 달려가는 사람들……. 그래서 현대인은 누구를 애타게 기다릴 여유가 없습니다. 아니, 기다림이 필요가 없어졌습니다. 그래서 더 기다릴 줄 모릅니다. 그러다 보니 쉽게 절망하고 쉽게 포기하고 쉽게 권태를 느끼고 마음은 더 고독해지는 것 아닐까요?

1963년에 만들어진 이탈리아 흑백 영화 〈부베의 연인〉에는 오래오래 사랑하는 사람을 기다리는 여인이 등장합니다.

익숙한 주제 음악이 흐르며 기차가 달려옵니다. 그 기차 안에서 슬픈 눈빛으로 창밖을 바라보는 여인이 있습니다. 그녀는 7년 동안 한 번도 거르지 않고 2주에 한 번씩 기차 여행을 합니다. 살인죄로 14년 형을 선고 받고 복역 중인 약혼자 부베를 찾아가는 마라의 회상으로 영화는 시작됩니다.

2주 간격으로 타는 기차, 언제나 마음이 설렌다.
여행의 길동무는 행복했던 시절의 추억, 과거는 살아 있다.
괴로웠지만 슬프진 않다.

 그녀의 독백과 함께 영화는 과거의 그날로 들어갑니다.

말괄량이 시골 처녀 마라는 그날도 천방지축 동네를 뛰어놀다가 집으로 갑니다. 그때 집 앞으로 차 한 대가 들어섭니다. 그 차에서 내린 남자는 레지스탕스인 부베입니다. 부베는 마라의 오빠인 산테가 나치에게 처형됐다는 사실을 전하러 온 것입니다. 하룻밤을 마라의 집에서 묵은 부베는 전쟁에서 기념으로 가지고 온 낙하산 천을 마라에게 선물로 줍니다.

마라는 그 천으로 블라우스를 만들어 놓고 부베를 기다립니다. 그러던 어느 날 부베가 다시 찾아옵니다. 마라는 그 블라우스로 갈아입고 부베와 동네를 걸어 다니며 첫 데이트를 합니다. 피곤해서 곤히 잠든 부베의 얼굴을 물끄러미 바라보는 마라……. 그녀의 눈빛은 이미 사랑에 풍덩 빠진 듯 보입니다. 그러나 부베는 바람 같이 떠나버리고, 마라는 그 허전함에 어쩔 줄 몰라 합니다.

그로부터 1년 후 겨울, 다시 찾아온 부베는 마라의 아버지에게 약혼 승낙을 받아 냅니다. 그때까지도 철부지였던 마라는 부베와 데이트하면서 구두를 사 달라, 레스토랑에 데려가 달라, 가방을 사 달라며 조릅니다. 또 부베의 집에 가서는 잠자리가 불편하다며 따로 침대를 달라고 떼씁니다. 그렇게 철없던 처녀 마라는 부베를 사랑하면서 점점 순정파 여인으로 성숙해 갑니다.

혁명가와 시골 처녀의 사랑에 모진 바람이 불어닥칩니다. 부베는 경찰에 사살된 친구에 대한 보복으로 경찰을 죽이고 쫓기는 신세가 됩니다. 다른 나라로 탈출해야 하는 부베. 마라는 이별을 앞둔 그날 밤 부베에게 몸을 허락합니다. 두 사람은 사랑한다는 첫 고백을 너무나 슬픈 목소리로 전합니다.

부베와 기약 없이 이별한 마라는 어느 날 잘생기고 멋진 청년 스테파노를 만납니다. 첫 만남은 영화 〈애수〉를 보면서 시작됩니다. 연인이 죽은 줄 알고 거리의 여자가 됐다가 살아 돌아온 연인 때문에 비극적 결말을 맞는 영화 〈애수〉를 보는 동안 스테파노는 마라가 편하게 영화를 볼 수 있게 모든 배려를 다해 주지요. 마음 따뜻하고 잘생긴 남자 스테파노가 마라의 마음에 들어서기 시작합니다. 그러나 그때 부베의 소식이 날아듭니다. 체포되어 재판을 받게 됐다는 소식에 마라는 면회를 갑니다. 부베는 아직도 마라를 사랑한다고 고백합니다.

앞날이 불투명한 도망자 부베, 전도유망한 훈남 스테파노……. 두 남자 중에 마라는 누구를 선택할까요?

부베를 잊을 수 있었다면 얼마나 좋을까. 그러나 쓸쓸해 보이는 그를 보면 그냥 놔둘 수가 없었다.

결국 마라는 부베를 선택합니다.
마라는 스테파노에게 다시는 만나지 말자며 통보합니다.
"이해해 줘요. 나는 부베의 연인이에요."

앞길이 보장된 청년과 결혼하는 대신 기약 없는 감옥생활을 하는

  부베를 기꺼이 선택한 마라. 그녀는 14년이라는 장기형을 선고 받은 부베에게 "당신은 혼자가 아니에요."라며 용기를 줍니다. 부베는 그녀에게 미안해 하며 "나는 당신에게 빚을 졌소." 하고 슬퍼합니다. 그때부터 한 달에 두 번씩 그를 만나러 가는 그녀의 여행이 시작됩니다.

7년 후 어느 날 기차로 면회를 가던 마라는 우연히 스테파노를 만납니다. 스테파노는 다른 여자와 결혼을 앞두고 있습니다. 스테파노는 마라에게 말합니다.

"당신은 참 강한 여자요."

마라가 대답합니다.

"부베는 훨씬 더 강해요."

스테파노는 앞으로 또 7년을 기다려야 하냐며 안쓰럽게 마라를 봅니다. 마라는 당당하게 대답합니다.

"7년 후면 우리는 결혼도 할 수 있고 아이도 낳을 수 있어요."

그리고 독백하지요.

"아주 짧은 시간 동안이지만 그래도 부베를 만날 수 있어."

부베를 만나러 가는 슬픈 마라를 태운 기차가 들판을 달려가는 데서 영화는 끝이 납니다.

이 세상에서 가장 힘든 일, 기다리는 일이지요. 오지 않는 사람을 기다리는 일, 피가 마르고 살이 마르는 기다림은 기다려 본 사람만이 아는 애달픔입니다. 어떤 일의 성공을 기다리는 일, 다가오지 않는 꿈을 기다리는 일 역시 마찬가지. 해도 해도 끝이 보이지 않는 막막함과 다투고, 내 무능력과 겨루고, 내 열등감과 한계와 싸웁니다. 그렇게 기다림은 나 자신과 겨루는 힘겨운 결투입니다.

그런데 라이너 마리아 릴케는 "우리는 어려운 것에 집착해야 한다."고 말했지요. 그렇다면 기다림을 견디는 일은 곧 인생을 잘 사는 일입니다. 누군가를 기다린다는 것은 참사랑을 한다는 것입니다. 꿈이 이뤄지기를 기다리는 일은 이미 절반을 이룬 것입니다.

기다림의 고수, 그가 일류 철학자입니다.

함부로 사랑을 시험하지 말라

볼프강 아마데우스 모차르트의 소페라 〈코지 판 투테〉

"남자는 애 아니면 개야."

여자들이 모이면 잘하는 말입니다. 어떤 사람은 그렇습니다. 애 아니면 개가 아니라 그 두 가지를 합한 게 남자라는 존재라고. 깔깔 웃는 농담 속에 뼈가 있습니다. 여자는 이제 남자를 믿지 못합니다.

남자도 마찬가지.

"남자는 배, 여자는 항구라고? 여자는 암초야!"

남자 역시 여자를 믿지 못합니다.

세상의 절반은 남자, 절반은 여자라는데 서로 사랑하면서도 그 사랑을 갈구하면서도 서로 믿지 못합니다. 그래서 그토록 만나길 갈망했으면서도 인연이 되어 엮이면 서로 사네, 못 사네 으르렁거립니다.

몇 년 전에는 우리나라와 일본의 과학자들이 정자 없이 난자의 조작만으로 '아버지 없는 쥐'를 탄생하게 했다는 보도가 있었지요. 이른바 처녀 생식이 가능해진 시대가 도래한 것입니다. 남편 없이도 자식을 낳을 수 있다? 이 소식에 여성들은 환호했을까요, 슬퍼했을까요? 그 보도가 나올 당시에는 '남성 불필요론'을 펴며 환호하는 여성도 꽤 많았습니다. 그런데 과연 여성에게 남성은 생식 기능만을 위해 필요한 존재일까요? 남성에게 여성은 아이를 낳아 주는 존재기만 할까요?

전쟁에 나간 남성들은 왜 그렇게 열심히 싸웠을까요? 프로이트 식으로 해석하자면 전쟁은 여성에게 잘 보이려는 남성의 심리에서 시작된 거라고 합니다. 여성도 그렇습니다. 아름다워지고 싶은 본능, 허기져 쓰러져도 좋다, 날씬만 해다오! 이런 눈물겨운 전쟁 역시 남성이 존재하지 않는다면 결코 일어날 수 없는 일이겠지요.

1996년 네덜란드 로테르담대학 의대에서 조사한 결과, 기혼자가 독신자보다 훨씬 건강하다는 사실이 발표되었습니다. 그것은 뭘 말해 주는 걸까요? 역시 남자 인생의 활력소는 여자, 여자 인생의 비타민은 남자. 바로 이 사실을 말해 주는 것 아닐까요?

세상의 절반은 남자, 절반은 여자. 그러나 달라도 너무 다른 남자와 여자. 그래서 믿지 못하고, 확인하려 들고. 그래서 사랑은 힘듭니다.

그래서인지 사랑도 공부가 필요하고 학습이 필요하다고 주장하는 듯한 오페라가 있습니다. 볼프강 아마데우스 모차르트의 작품 〈코지 판 투테〉입니다.

막이 오르면 세 남자가 말다툼을 시작합니다. 세 남자 중 두 남자는 사관생도입니다. 그들은 사랑에 빠져 있습니다. 그들이 사랑하는 여자는 자매입니다.

사랑에 빠진 남자들에게 중년의 철학자 알폰소가 살살 약을 올립니다. 여자 마음은 알 수가 없으니 믿지 말라는 것입니다.

사관생도들은 그녀가 얼마나 지조 있는 여자인지 증명해 보이겠다고 합니다. 급기야 세 사람은 어리석게도 여자의 절개를 걸고 내기를 합니다.

두 남자가 어이없는 내기를 거는 동안 그들을 사랑하는 두 자매 도라벨라와 피오르딜리지는 사랑의 환상에 빠져 연인을 기다리고 있습니다. 그때 알폰소가 그녀들 앞에 나타나 슬픈 척하며 말합니다. 그녀들이 사랑하는 사관생도 굴리엘모와 페란도가 갑자기 전쟁터에 나가게 되었다고 말이지요. 뒤이어 등장한 굴리엘모와 페란도의 바짓가랑이를 붙잡고 자매는 제발 가지 말아 달라고 슬퍼합니다. "당신과 헤어지느니 차라리 강철로 심장을 찔러 죽겠어요."라고 노래하지요. 이렇게 슬퍼하는 두 자매를 보는 사관생도들은 뿌듯합니다. 그것 봐라, 이 여자들은 우리를 이만큼 사랑하지 않느냐, 의기양양합니다.

가짜로 전쟁터에 나가는 척하는 두 남자에게 두 자매는 "매일 편지를 주세요."라며 슬피 웁니다. 알폰소는 웃음을 참으며 연인들을 위로합니다.

그 후 굴리엘모와 페란도가 알바니아인으로 변장해서 그녀들 앞에 나타나지요. 알폰소는 그들을 친구라고 소개합니다. 변장한 그들은 두 자매에게 사랑을 고백합니다. 두 자매는 "우리는 임자 있는 몸"이라며 화를 냅니다. 알폰소가 내기에 진 것처럼 보입니다. 생도들은 우리가 내기에 이겼다고 기뻐합니다. 그러나 알폰소는 더 두고 봐야 한다고 여유를 부립니다.

1차 계획에서 실패한 알폰소는 자살 소동을 벌이기로 합니다. 두 자매 앞에서 변장한 생도들이 독약이 든 병을 들고 나타나지요. 그리고 음독자살을 하려고 합니다. 뒤이어 들어온 알폰소가 자살을 못하게 그들을 막습니다. 청년들은 벤치 위에 쓰러집니다. 알폰소는 놀라서 어쩔 줄 모르는 자매에게 내 친구들에게 좀 더 부드럽게 대해 달라고 부탁합니다. 변장한 생도들은 앓는 척하며 두 자매에게 호소합니다.

"단 한 번만이라도 그대의 손을 잡게 해 주오."

결국 두 자매는 그들의 전략에 넘어가고 말지요. "안 돼요."가 "돼요, 돼요, 돼요."로 넘어가는 순간입니다. 여자는 사랑의 징표인 목걸이를 내팽개칩니다. 그리고 새로운 애인이 선물한 목걸이를 목에 겁니다. 그런데 아이러니하게도 두 자매의 연인은 서로 뒤바뀝니다.

여전히 아무것도 모르고 알바니아인들과 결혼식을 준비하는 두 자매. 나중에야 이 모든 사실을 알게 됩니다. 두 자매는 경악을 금치 못합니다. 사랑을 이런 식으로 시험하다니! 남자들도 격분하기는 마찬

 가지. 사랑이 다 거짓이었다니!

알폰소는 모두 자신의 장난에서 비롯된 것이라며 수습하려고 합니다. 더 성숙한 사랑을 하길 바라는 뜻에서 일을 꾸몄다는 것이 그의 변명이었지요.

네 사람은 과연 어떻게 될까요? 결말은 모호합니다.

"앞으로는 진실한 사랑을 증명해 보일게요."라는 여인들의 말에 남자들은 "꼭 그럴 필요는 없소."라고 대답합니다.

〈코지 판 투테〉라는 제목을 우리나라에서는 '여자는 다 그래.'쯤으로 해석합니다. 여자의 마음은 믿을 수 없는 것, 이런 뉘앙스를 풍기는 제목입니다. 그러나 〈모두 그렇고 그래〉라고 번역해야 옳습니다. 사랑을 확인하려 드는 남자도 그렇고, 사랑에 이리저리 흔들리는 여자도 그렇고, 다 그렇고 그런 것……. 사랑을 조소하는 듯한 제목입니다. 이 오페라의 부제인 '연인들의 학교'가 말해 주듯 이 오페라에서 사랑하는 마음을 갖고 파란만장한 스토리를 겪는 네 남녀는 성숙해 갑니다. 연애학교 학생 격인 네 사람이 연애학교에서 얻게 된 교훈은 이것입니다.

"사랑은 소중하게 다뤄야지 잘못하면 깨진다. 그러니 함부로 사랑을 시험하지 말라."

쇼팽은 연상의 여류 소설가 조루즈 상드와 깊은 사랑에 빠졌을 때 오히려 이별의 노래를 지어서 그녀에게 바쳤다고 하지요. 서로 깊이

사랑했지만 그럴수록 오히려 이별에 대한 불안을 떨칠 수가 없었기 269
때문이었습니다.

우리는 늘 옆에 있어 주고 함께해 주는 상대방에 대해 고마움을 잘 느끼지 못할 때가 있습니다. 아주 작은 일에 섭섭해지고 오해하고 토라지고 권태에 빠지고……. 그런 모든 감정이 다 이별을 예감하지 못하기 때문입니다.

그래서 혹자는 말합니다. 사랑하는 사람을 늘 옆에 두기 위해서는 오히려 늘 이별하는 마음으로 살라고……. 언제라도 떠나 버릴 사람이라고 생각한다면 좀 더 너그러워지고 따뜻해지고 감정에 솔직해질 수 있겠지요.

행복의 탐험

브라이언 로빈슨의 책 『행복의 기술』

🌿 뭘 해도 행복하지 않다. 뭘 해도 신기하지 않다. 원하는 것을 사면 그 행복이 일주일도 채 가지 않는다.

왜 그럴까요? 그것은 행복의 방법을 잃어버렸기 때문입니다.

다른 능력은 더 성장했을지 모르지만 행복의 재능은 퇴화되어 갑니다. 그래서 그 어떤 것에도 감동하지 못한다, 이건 정말 슬픈 일입니다.

우리가 가장 서둘러야 하는 일은, 우리가 가장 중요하게 생각해야 하는 일은 바로 행복을 느끼는 일. 행복에도 연습이 필요합니다. 행복에도 공부가 필요합니다. 행복도 연마해서 길러야 합니다.

아이들의 세계는 늘 새롭고 맑으면서 아름다워서 온통 경이와 흥분으로 가득하다.

하지만 불행히도 대부분의 사람은 그 투명한 눈을, 그 진실한 본능 271
을 서서히 잃어가다가 어른이 채 되기도 전에 완전히 상실한다.

어려움을 극복하는 능력과 지혜를 주는 책을 여러 권 펴낸 심리학자 브라이언 로빈슨의『행복의 기술』. 이 책은 행복하게 살아가려면 내 마음이 변해야 한다는 주제로 여러 가지 일화를 들고 있습니다. 그중 '인생을 새로운 눈으로 바라보라'에서는 늘 반복되는 일상을 지루하지 않게 살아가기 위한 방법을 제시합니다.

저자가 처음 베니스에 도착했을 때 이탈리아의 문화와 아름다움에 완전히 빠져들었습니다. 음식의 향기와 맛, 그리고 골동품과 역사적인 건물의 곡선과 디자인, 운하를 떠다니는 낭만적인 곤돌라, 고풍스러운 음악 선율에 이르기까지 황홀함에 빠졌습니다.

그런데 이틀째 되던 날부터 갈라진 건물 틈새가 눈에 들어오기 시작했습니다. 어디를 가든 무더웠고, 지저분한 부분이 눈에 들어오기 시작했습니다. 장엄해 보이던 건물에서 낙서를 발견했고, 운하에서 쓰레기가 보였습니다. 일주일이 지나자 이탈리아 음식이 질리기 시작했고, 음악도 별 감흥을 주지 못했습니다. 그 후 며칠이 더 지났을 때는 베니스에 완전히 싫증을 느끼고 말았습니다.

휴가가 시작됐을 때는 들뜬 마음으로 낯선 곳에 도착하지만 휴가가 끝날 때쯤에는 진저리를 치며 돌아온 경험, 누구에게나 다 있겠지

 요. 그런 경험에 대해 저자는 단언하네요. 바뀐 것은 장소가 아니라 바로 나였다고.

그러면서 레이첼 카슨의 말을 인용해서 왜 우리는 아이들처럼 새롭고 맑은 시선을 갖지 못하는가, 탄식합니다.

어떤 경험에 익숙해지면서 우리는 한때 새로웠던 눈을 잃어버린다.
사랑에 처음 빠졌을 때의 흥분이나 첫 출근의 열정, 처음 부모가 되었을 때의 희열을 영원히 간직하는 사람은 거의 없다.

그러면서 저자는 이런 질문을 던집니다.

신문과 컴퓨터, 잔뜩 쌓인 보고서에 고개를 처박고 하루하루를 살아가겠는가, 아니면 주변 사람에게 호기심을 갖고 함께 대화를 나누며 그들의 말에서 새로운 관심거리를 발견하기 시작하겠는가?
사랑하는 사람에게 퉁명스럽게 대하겠는가, 아니면 상대방을 바꾸려 하지 않고 그들의 인간적 약점을 좀 더 넉넉하게 감싸겠는가?

결론적으로 저자는 행복하게 사는 법칙에 대해 제시합니다.

단조로운 일상은 지겹게 느껴진다.
떨림과 호기심은 사라지고, 무엇이든 언젠가 봤던 것 같고 언젠가 해 봤던 것처럼 느껴질 것이다.

하지만 바뀔 수 있다.

매일매일을 세상에 태어난 첫날처럼 살면 놀라운 일이 벌어진다.

자기 자신에게 감사하고, 인생에 좀 더 만족할 수 있다.

그리고 사람들로부터 존중 받을 수 있을 것이다.

철학자 테아르 드 샤르댕은 표현했습니다. "이 세상에서 가장 완벽한 눈은 평범한 것에서 아름다움을 보는 눈"이라고.

새로운 여행지에서 아름다움을 보는 것은 누구나 할 수 있는 평범한 시선입니다.

그러나 내가 늘 머무는 곳에서 아름다움을 찾아내는 것은 아주 특별한 능력입니다. 매일매일 반복되는 일상에서 새로움을 찾아내고 설레는 마음으로 순간순간의 아름다움을 발견해 가는 일은 대단한 삶의 능력이며 신대륙 발견보다 더 가치 있는 '행복 탐험'입니다.

사무엘 울만의 「청춘」에는 이런 구절이 있지요.

그대에게도 나에게도 마음의 눈에 보이지 않는 우체국이 있다.

인간과 신으로부터 아름다움, 희망, 기쁨, 용기, 힘의 영감을 받는 한 그대는 젊다.

지금 우리는 마음의 우체국에 어떤 우편물을 수신하고 있을까요? 이 계절, 이 지구에서 우리는 어떤 아름다움과 기쁨을 마음 우편함에

거리 빛깔도 칙칙하고, 도시여서 볼 만한 것도 별로 없고, 너무 삭막하다……. 이런 느낌에 빠질 때가 있습니다. 그러나 영화 〈아메리칸 뷰티〉에서 보면 가장 아름다운 것은 바로 도시의 거리에서 이리저리 날려 다니는 검은 비닐봉지였지요. 바람에 몸을 뒤척이며 허공을 향해 날아가는 비닐봉지 하나가 세상에서 가장 아름다운 몸짓처럼 비디오카메라에 담깁니다.

둘러보면 뜻밖에 일상의 풍경, 일상의 소리가 예술일 때가 있습니다. 계단에 앉아 있는 사람, 자전거 타고 달려가는 사람, 텅 빈 하늘도 명장면처럼 여겨질 때가 있고 주전자에서 물 끓는 소리, 입속에서 크래커 부서지는 소리도 음악처럼 들릴 때가 있습니다.

지금 이 순간 가장 아름다운 풍경, 가장 아름다운 소리를 찾아보세요. 그리고 그것에서 기쁨과 환희와 희망을 접수해 보세요. 그것은 중요한 공부입니다. 당신의 인생을 언제나 청춘일 수 있게 하는 훈련입니다.

노래라면 자신 있어요

빌리 홀리데이의 노래 〈I'm a fool to want you〉

사람의 아름다움에는 백색 미모와 적색 미모, 두 가지가 있습니다. 백색 미모란 차갑게 느껴지는 미모입니다. 마치 주위 사람의 경탄과 부드러움을 차갑게 냉소하는 듯 보이는 미모. 감히 쳐다보기만 해도 얼음에 닿은 듯 추워지는, 냉정한 아름다움입니다. 적색 미모란 생명에 더 가깝고 분방해서 마치 카르멘처럼 애욕의 머리카락을 뜨거운 폭포처럼 늘어뜨린 불같은 아름다움을 말합니다.

이 백색과 적색의 느낌은 음악에도 고스란히 적용됩니다. 얼음에 닿는 듯 외로움이 뼛속 깊이 스며들게 하는 음악, 고독과 자괴의 심연 속으로 몰아넣는 음악이 있는가 하면 마음으로 불같은 그 무엇인가를 치솟게 하는 음악, 뜨겁게 누군가를 사랑하고 싶게 만드는 음악도 있습니다.

백색 미모의 음악, 적색 미모의 음악. 그중에 어떤 음악을 좋아하

 는 편인지요?

그 어떤 음악이든 한 가지 공통점이 있습니다. 듣는 동안 모든 영혼을 가져가 버린다는 것이지요. 그래서 혹자는 이런 말을 합니다.

"음악에 탐닉하는 것이야말로 '혼을 꾀이는 것'이다."

혼이 홀리는 경험 중에 가장 격렬했던 것은 빌리 홀리데이의 노래를 들을 때였습니다. 그녀의 〈I'm a fool to want you〉라는 노래를 들으면서 울지는 않았습니다. 그러나 눈물이 뺨을 적셨습니다. 울지 않았는데 눈물이 흐르는 경험을 했습니다. 꼭 슬픔만은 아니었는데 눈물이 흘렀습니다. 허무함? 그리움? 딱히 이름 붙일 수 없는 감정. 아니, 현상이었습니다. 혼을 꾀인 듯한 경험이었습니다.

그 후 내 혼이 유혹 당하고 싶을 때면 빌리 홀리데이의 음악을 듣습니다. 눈물이 흐릅니다. 그런 후에 삶의 힘을 얻습니다. 일종의 카타르시스입니다. 그러니 빌리 홀리데이는 내게 참 고마운 사람. 그런데 그녀의 인생은 왜 그토록 슬펐을까요?

마흔넷의 일생 중 거의 40여 년을 굶주림과 학대, 인종 차별의 두꺼운 벽에 갇혀 지내야 했던 빌리 홀리데이. 슬럼가에서 태어나면서부터 그녀에게 달라붙은 가난과 불행의 운명은 그녀가 떠나는 마지막 길까지 떠날 줄을 몰랐습니다.

빌리 홀리데이는 1915년 4월 7일, 미국 메릴랜드주 볼티모어의 한 슬럼가에서 태어났습니다. 당시 그녀의 아버지가 열여섯, 어머니는 열셋. 하룻밤 불장난으로 태어난 아기는 어머니의 성을 따라 엘리노어 페이건이라 불렸습니다. 어머니는 백인 가정의 하녀로 일하고 있었는데 임신한 것이 들통 나 쫓겨나고 말았습니다. 빌리 홀리데이의 아버지는 제1차 세계대전에 참전했다가 유랑 악단을 따라 떠나 버리고, 어린 아이를 양육할 능력이 없었던 어머니는 아기를 외가에 맡기고 일자리를 찾아 뉴욕으로 떠나 버렸습니다.

홀로 남겨진 빌리 홀리데이. 유년기의 상처는 평생을 두고 그녀를 괴롭혔습니다. 훗날 재즈 가수로 명성을 얻어 대중의 사랑을 한 몸에 받는 순간에도 그녀는 두려워했습니다. 혼자 남겨질지 모른다고, 사랑받지 못할 거라고.

부모로부터 버림 받은 빌리 홀리데이는 어머니의 사촌과 함께 살았는데, 어머니의 사촌은 매일 그녀를 때리고 학대했습니다. 그녀를 유일하게 아껴줬던 할머니마저 어린 빌리 홀리데이의 목을 감싸 안은 채 숨을 거두었습니다. 빌리 홀리데이는 할머니의 팔에 감기어 빠져나오지도 못한 채 버둥거리며 울부짖었습니다. 그때 충격으로 빌리 홀리데이는 한 달간 입원해야 했습니다. 그 후 그녀는 어린 나이에 성폭행을 두 번 당했습니다. 결국 그녀의 어머니는 딸을 뉴욕으로 데려갔고, 그녀의 최종 학력은 초등학교 5학년으로 끝나고 말았습니다.

뉴욕 사창가에서 생활하며 먹고살아야 했던 빌리 홀리데이. 미국에 불어닥친 경제 대공황으로 일자리를 잃게 된 빌리 홀리데이는 길거리에 나앉게 되었습니다. 몹시 추운 어느 겨울밤 거리에 나선 그녀

278 는 발길 닿는 대로 걷고 또 걸었습니다. 그녀의 발길이 닿은 곳은 할렘에 위치한 나이트클럽. 그녀는 지배인에게 "춤을 잘 춘다."며 일자리를 청했습니다. 춤이라고는 배워 본 적도 없는 그녀가 오디션에 통과할 리 만무했지요. 노발대발한 지배인은 그녀를 당장 내쫓으려 했습니다. 그때 그녀를 가엾게 여긴 피아노 연주자가 말했습니다.

"노래는 어때?"

그러자 그녀는 절박하게 대답했습니다.

"노래라면 자신 있어요!"

피아니스트는 〈Trav'lin' All Alone〉이란 곡을 연주하기 시작했고, 그녀의 노래는 홀 안에 울려 퍼졌습니다. 사람들이 일제히 조용했습니다. 훗날 그녀는 그때를 회고했습니다.

"홀 전체가 숨을 죽이고 있었다. 만약 누가 핀이라도 하나 떨어뜨렸다면 그것은 마치 폭탄이 터지는 소리 같았을 것이다."

노래가 끝났는데도 정적은 계속되었습니다. 소리 없이 눈물만 흘리는 사람도 있었습니다. 그날 밤 피아니스트와 반으로 나눈 그녀의 팁은 57달러나 되었습니다.

그 후 그녀는 나이트클럽에서 주급 18달러짜리 가수가 되었고, 새로운 예명이 필요했습니다. 그때 떠오른 이름이 예전부터 좋아하던 배우 빌리 도브였습니다. 거기에 아버지의 성을 따와 빌리 홀리데이라고 정했지요.

빌리 홀리데이의 인기는 점차 높아졌고, 할렘의 여러 클럽에서 그녀를 필요로 했습니다. 그녀는 언제나 머리에 크고 하얀 치자꽃 한

송이를 꽂고 출연했습니다. 죽는 날까지 계속된 이 버릇 때문에 머리카락에 꽂은 하얀 치자꽃은 '빌리 홀리데이의 전설'이 되었습니다.

그 후 그녀에게 행운이 찾아왔습니다. 음악평론가 존 하몬드가 그녀 앞에 나타났고 열여덟 살에 첫 번째 음반을 취입했지요. 그리고 테너 색소폰의 일인자 레스터 영을 만나게 되는데, 레스터는 그녀에게 '기품 있는 숙녀 홀리데이'라는 뜻을 담아 '레이디 데이'라고 불렀습니다. 이 애칭은 지금까지 빌리 홀리데이를 지칭하는 또 하나의 고유명사가 되었습니다.

그러나 그녀에게 또다시 불행이 찾아왔습니다. 그녀의 첫 번째 결혼 상대자는 바람둥이에 아편 중독자였습니다. 불행한 결혼생활, 흑인 차별 대우, 그칠 줄 모르는 시련…… 삶에 지쳐 버린 그녀는 마약에 빠져들고 말았습니다.

세 번의 불행한 결혼, 다섯 번의 감옥행. 황폐해진 빌리 홀리데이는 1959년 쓰러진 채 병원에 실려 갔고 1959년 7월 17일, 마흔넷에 숨졌습니다.

난 당신을 원하는 바보랍니다.
나를 가엾게 여겨 주세요. 난 당신이 필요해요.
나도 알아요. 그것이 잘못된 거라는 걸…… 틀림없이 잘못됐어요.
하지만 옳거나 그르거나, 난 당신 없인 살 수 없어요. 당신 없이는…….

할렘의 흑인으로 태어나 평생에 걸쳐 흑인으로서 차별과 모욕을 견뎌 내야 했던 빌리 홀리데이. 그 어떤 사랑도 그녀를 구원할 수 없었습니다. 그러나 그녀는 노래했습니다. 당신 없이는 살아갈 수 없다고. 그녀는 평생 사랑과 차별 없는 자유를 염원했습니다. 그리고 이런 말을 남겼습니다.

"세상에서 제일 좋은 캐딜락과 밍크코트. 그것으로는 풀리지 않는, 체험으로 깨달은 것이 바로 이 두 낱말 안에 들어 있다. 그건 바로 사랑과 배고픔이다."

사랑과 가난은 그녀의 인생에 풀리지 않는 수수께끼였고 짐이었습니다. 그러나 그녀에게는 대단한 힘이 있었습니다. 그것은 노래였습니다. 노래는 그녀 인생의 구원이었고 꿈이었고 사랑이었고 전부였습니다.

"노래라면 자신 있어요!"

자신 있게 외친 그녀의 한마디가 맴돕니다. 노래는 그녀가 유일하게 잘할 수 있는 것이었고 유일한 삶의 에너지였으며 태양이었습니다.

"다른 건 몰라도 그것 하나는 자신 있어요!"

이렇게 말할 수 있는 그것을 찾아보세요. 아직 늦지 않았어요. 아니, 인생의 그 어떤 때든 늦은 때는 없습니다. 지금이 가장 빠른 시기입니다.

여름이 지나면 가을이 온다

영화 〈500일의 썸머〉

영화를 찍을 때는 배우가 NG를 내면 "죄송합니다. 다시 할게요."라고 말하지요. 그러면 다시 찍을 수가 있습니다. 그런데 사는 일은 어디 그런가요? 어제가 마음에 안 든다고 해서 "죄송합니다. 어제를 다시 살아 볼게요!" 할 수는 없습니다. 특히 사람을 사랑하는 일에 대해서는 NG가 있는 영화가 부러울 수밖에 없습니다.

미성숙했기 때문에 떠나보내야 했던 사랑, 누구에게나 그런 사랑이 있습니다. 그럴 때는 영화 〈500일의 썸머〉에서 한 수 배워 보는 것도 좋습니다.

운명적인 사랑이 나타날 것이라고 믿는 순수 청년 톰과 운명적인 사랑 따위는 없다고 믿는 쿨한 그녀 썸머. 두 사람의 500일 속에는 설렘과 행복, 외로움, 두려움, 희망, 체념, 극복…… 이 모든 사랑의

 과정이 다 들어 있습니다.

이 영화는 허구이므로 비슷한 사람이 나와도 절대 우연입니다.
특히 너, 제니 빅맨! 독한 것!

첫 자막을 보아하니 이 영화를 만든 감독의 자전적인 러브 스토리
가 아닐까 궁금해지려는 순간, 또 자막이 새겨집니다.

한 남자의 사랑 이야기. 그러나 뻔한 러브 스토리는 아니다.

사실 이 영화의 스토리는 뻔합니다. 남녀가 만나 알콩달콩 사랑하
다가 헤어지는 이야기니까요. 그런데 뻔하지 않게 만들었습니다. 뮤
직비디오 감독 출신인 마크 웹은 자칫 진부할 수 있는 이야기를 감각
적인 영상과 음악, 독특한 장치로 재치 있게 펼쳐 보였습니다.

카드 회사 카피라이터로 일하는 톰은 상사의 비서로 들어온 썸머
를 만납니다. 어느 날 둘은 같은 엘리베이터를 탔는데 톰이 이어폰을
꽂고 듣는 음악 소리가 밖으로 조금 새어 나옵니다. 썸머는 그 노래
를 자기도 좋아한다고 말합니다. 그때 공감대가 생기며 톰은 썸머에
게 걷잡을 수 없이 빠져듭니다. 만난 지 154일째 되는 날 톰은 친구
에게 고백합니다.
"그녀가 좋아. 썸머를 사랑해. 그녀의 미소를 사랑해. 그녀의 머리

카락, 무릎도 사랑해. 목에 있는 하트 모양 점도 좋고, 그녀가 가끔 말하기 전에 입술을 핥는 것도 사랑스러워. 그녀의 웃음소리도 좋고 그녀가 잘 때 보이는 모습도 좋아. 그녀를 생각할 때마다 듣는 노래도 좋아. 썸머 때문에 인생이 가치 있다는 생각이 들어.”

그러나 톰은 그녀의 취향 대신 자신의 취향을 강요합니다. 그녀가 좋아하는 가수를 비웃습니다. 그녀가 영화를 보고 나와서 슬픔에 젖어 울자 “왜 울어? 설마 그깟 영화 때문에?”라고 묻습니다. 그녀와 그 사이에 점점 벽이 생겨 갑니다.

322일째 되는 날 톰의 독백은 바뀝니다.

“난 썸머가 싫어. 삐뚤빼뚤한 치아도 싫고, 60년대 헤어스타일도 싫고, 울퉁불퉁한 무릎도 싫어. 목에 있는 바퀴벌레 모양 얼룩도 싫어. 말하기 전에 혀를 차는 것도 싫어. 그녀의 목소리도, 웃음소리도 싫어. 난 그녀와 듣던 그 노래가 싫어!”

그녀가 이별을 통보합니다. 톰은 “나쁜 여자, 독한 여자!”라며 그녀를 증오합니다. 직장도 그만두고 폐인처럼 살아가던 어느 날 톰은 알게 됩니다. 썸머가 다른 남자와 결혼했다는 것을……. 썸머와 만난 지 488일째 되는 날 다른 직장을 알아보러 다니던 톰은 썸머와 잘 가던 공원에서 그녀와 재회합니다.

“운명이니, 영혼의 반려자니, 진정한 사랑이니 그런 건 없어. 네가 옳았어.”

그런데 톰의 말에 썸머는 뜻밖의 말을 들려줍니다.

“식당에 앉아서 책을 읽고 있었는데 어떤 남자가 다가와서 그 책에 대해 물어봤어. 그 사람이 지금의 내 남편이야. 그건 운명이야. 네 말이 옳았어. 내가 틀렸던 거고……."

결국 썸머에게 운명의 짝은 톰이 아니었을 뿐입니다. 톰이 듣고 있던 음악에 썸머가 공감했을 때 톰이 운명을 느꼈던 것처럼 책을 읽고 있던 썸머에게 그 남자가 다가갔을 때 썸머는 운명을 느낀 것입니다.

그러니 과연 이 사랑에서 누가 피해자고 누가 가해자일까요? 과연 썸머만이 나쁜 X일까요? 그 사람을 사랑하게 된 것도 죄가 아니지만 그 사람을 더는 사랑하지 못하는 것도 죄는 아닙니다. 이 사랑의 가해자는 오히려 톰인지도 모릅니다. 그는 사랑에 적극적으로 다가가지 못했고 그저 운명에 순응하듯 다가오면 기뻐했을 뿐입니다. 그리고 상대방에게 자신의 모든 것을 내어 주지 못했고 늘 자신의 취향을 요구했습니다. 그러니까 그는 그 사람을 사랑한 게 아니라 그 사람을 사랑하는 자기 자신을 사랑했던 것입니다. 결론적으로 그는 미성숙한 사랑을 했고, 미성숙한 사랑은 이별을 낳았습니다.

썸머와 만난 지 500일 되는 날 톰은 회사에 입사 시험을 보러 갔다가 대기실에서 한 여자를 만납니다. 참 예쁜 그녀가 먼저 말을 걸어오지만 톰은 썸머를 만났을 때도 그랬듯 그저 소극적으로 대합니다. 그때 내레이션이 흐릅니다.

톰은 마침내 기적이란 없다는 것을 깨달았다. 운명 같은 건 없다. 그는 확신했다.

내레이션은 그렇게 펼쳐지지만 사실 톰은 썸머와 이별한 후 깨달았습니다. 운명은 찾아오는 것이 아니라 찾아가는 것임을……

그는 다른 곳으로 가던 발걸음을 돌립니다. 그리고 여자에게 다가갑니다. 그때 내레이션이 바뀌어 흐릅니다. '확신한다'가 아니라 '거의 확신한다'로.

사랑하는 법을 '전혀 모르던' 톰, 그러나 이제 누군가를 사랑하는 법을 '조금은 알 것 같은' 톰으로 바뀌었습니다. 톰이 그녀의 이름을 묻습니다. 그녀가 대답합니다.

"저는 아텀이에요."

비 오고 더위로 푹푹 찌는 여름이 가고 나면 가을이 옵니다. 사랑도 그렇지요. 잠 못 드는 열대야 같은 여름이 가고 나면 성숙의 계절 가을이 옵니다. 톰은 그렇게 아픈 만큼 성숙해졌습니다. 어느 사랑이든 성숙의 과정이 필요합니다.

산을 타는 사람들이 정복하는 것은 '산 정상'이죠. 그런데 막상 산 꼭대기에 가 보면 정작 보이는 것은 하늘과 허공뿐 산은 이미 없습니다. 마라톤 선수가 완주해서 골인했는데 다 뛰고 나면 그곳은 더 이상 마라톤 코스가 아닙니다. 결국 산행山行도, 주행도, 그리고 사랑도 역시 결과가 아니라 과정이라는 생각이 듭니다.

한 사람에게 도달하기 위한 긴 과정. 그 사람에게 좀 더 편안한 미래를 주기 위해 노력하고, 그 사람이 예뻐하는 것을 사 주기 위해서 돈을 벌고, 그 사람이 기뻐할 것을 상상하면서 힘내 보고…… 그렇게 내가 아닌 그 사람의 마음으로 살기 시작하면, 그건 사랑입니다.

그래서 사랑은 '결과'가 따로 없습니다. 사랑하기 때문에 오늘 하루를 사는 것이 특별해지고, 사랑하기 때문에 웃고 울고 있다면 그것이 바로 '사랑의 과정'이고 '완성'인 거겠지요.

폭풍우 치는 전쟁 같은 사랑을 겪고 난 후에 다가오는 평화로운 사랑, 그 사랑이 어쩌면 내 진짜 운명의 사랑은 아닐까요?

턴테이블에 LP판을 틀어 본 적, 참 오래전 일입니다. 예전에는 LP를 틀면 중간에 한 번씩 그 부분이 거듭 튀곤 했습니다. 그러면 오디오에서 그 구절의 노래가 계속 흘러나왔습니다.

그렇게 한 구절만 계속 부르는 것 같은 때가 있습니다. 빨리 거듭 튀는 지점을 벗어났으면 좋겠는데, 도저히 벗어날 수 없는 반복성……. 그래서 지치고 힘들어질 때가 있습니다. 턴테이블 위의 거듭 튀는 음반 같은 시기를 겪을 때…… LP에서 바늘을 꺼내 주는 손길이 기다려집니다.

권투 선수는 링 위에서 싸우다가 3분이 흐르면 구석 자리의 코너 스툴로 돌아갑니다. 그곳에는 후원자가 기다렸다가 싸움에 지친 선수를 타월로 피와 땀도 닦아 주고 마실 물도 내줍니다. 그러고는 할

 수 있다는 용기와 이길 수 있는 방법을 전해 줍니다.

그렇게 생의 후원자가 애타게 기다려질 때 나를 향해 손짓하는 곳이 있습니다.

해운대 바닷가로 갈 때는 기차를 타고 가는 것이 좋습니다. 차창 밖에는 들판이 흐릅니다. 사랑하는 이의 눈동자에도 그 풍경이 흐릅니다. 세월도 흐르고 사랑도 흐르고 먼 바다 물결도 함께 흐릅니다. 사랑도 인생도 흐르는 것임을 느끼며 잠시 쓸쓸해집니다. 밤 기차를 타고 아침에 부산에 도착해서 해운대로 가면 바닷바람이 막힌 가슴을 환하게 뚫어 줍니다.

부산 해운대 달맞이고개를 넘어 기장군 대변으로 가는 길은 남해에서 동해로 휘어지는 해안 드라이브 길입니다. 휘황한 카페의 불빛이 떠 있는 해변, 파도에 젖은 달을 띄워 올리는 포구, 멸치 배가 새벽을 깨우는 어촌이 제각각 독특한 느낌을 주는 바다…….

기장 앞바다에서는 싱싱한 멸치를 끌어올리는 그물질이 한창입니다.

해운대에서 올라선 달맞이고개에는 한껏 멋을 낸 카페들이 줄지어 늘어서 있습니다. 연인들의 데이트 코스기도 합니다. 바다를 향해 이어진 1킬로미터 남짓한 카페 거리에는 예쁜 찻집과 레스토랑, 문화 공간이 늘어서 있습니다. 언덕 위의 해월정은 달을 보기 좋은 곳입니다. 마치 바닷물에 얼굴을 씻은 듯, 물을 뚝뚝 흘리며 솟구치는 월출은 장관입니다. 그래서일까요? 보름달이 뜨는 날이면 이쪽 길이 완전히 막힐 정도로 사람들 발길이 이어집니다.

이곳의 대보름달을 처음 보는 사람은 운수대통이라는 말이 옛 서적에 나와 있습니다. 『동국세시기』에는 "저녁 햇불을 들고 높은 곳에 올라 달을 맞는 풍습을 영월迎月이라고 하며 처음 달을 보는 사람이 길하다."는 기록이 있습니다.

달맞이길은 열다섯 번을 굽어진다고 해서 15곡도曲道로도 불리는데, 달맞이길 아래쪽은 청사포라고 합니다. 한적하고 아름다운 시골 포구와도 같은 아담한 곳입니다.

달맞이길을 넘어서면 거기서부터는 송정 해수욕장입니다. 앞바다에 떠 있는 죽도가 파도를 막아 주기 때문에 바다가 호수처럼 잔잔합니다. 송정에는 동해남부선 철도가 해운대에서 달맞이 벼랑길을 넘어 쉬고 가던 정거장이 있습니다. 송정역입니다. 그 역은 정동진 못지않은 아름다운 '바다역'입니다.

송정 해수욕장에서 조금 더 가면 멸치잡이 항구로 유명한 대변항이 나옵니다. 이곳은 부산에서 만선의 깃발을 펄럭이며 항구로 들어오는 고깃배의 정겨운 풍광을 볼 수 있는 몇 안 되는 포구입니다. 대변항은 2월 중순부터 봄 멸치잡이가 시작되는데 밤이면 수십 척의 고깃배가 해안에 불을 밝힙니다. 그물에서 툭툭 떨어져 퍼덕이는 멸치떼가 햇살을 받아 반짝이면 은빛 물결에 눈이 부실 정도입니다. 어부들은 멸치를 털어 내며 뱃노래를 부릅니다.

대변항이 유명해진 것은 멸치보다는 영화 〈친구〉 덕분이기도 하지요. 〈친구〉에서 어린 시절 친구 네 명이 튜브를 타고 놀던 바닷가

가 바로 이곳입니다. 대변항에 가면 영화 〈친구〉 속의 친구들처럼 바다 속으로 뛰어들어 유년의 세상으로 스며들고 싶어집니다.

바다에서 보는 하늘은 땅에서 보는 것과 다릅니다. 밤바다에서 하늘을 보면 하늘이 천사들의 공간이라는 것을 실감하게 됩니다.

하늘을 들어서 아무것도 없는 '무의 공간'이라고 하지요. 어떤 이는 절대자의 의미로 받아들이기도 합니다. 그런데 히브리인들은 하늘에는 일곱 개의 단계가 있다고 믿었습니다. 제1하늘은 대지와 구름 사이, 제2하늘은 구름의 공간, 그리고 제3하늘에서 제6하늘까지는 천사들이 사는 방. 마지막 일곱 번째 하늘은 신이 계시는 곳이라는 겁니다.

밤 바닷가에 앉아 하늘을 보면 정말 보입니다. 세 번째 하늘과 여섯 번째 하늘의 공간, 천사들이 산다는 그 하늘 공간이.

밤바다에서는 잠시 외로움을 들켜도 좋습니다.

가만히 서서 파도 소리에 귀를 기울이면 파도가 삶의 응원자가 되어 줍니다. 내 얼굴에 묻은 땀을 닦아 주고 마음에 입은 상처도 보듬어 줍니다. 그리고 계속 반복되는 LP의 한 지점에서 바늘을 꺼내 줍니다.

바다로 여행 한번 떠나는 일도 우리에게는 작은 꿈이 아니라 대망일 때가 많습니다. 그러나 여행은 만사 제쳐 두고 훌쩍 떠나는 데 그

 맛이 있지요.

몸에 꽉 끼는 정장은 벗어 두고 넉넉한 면 옷으로 갈아입자. 혹시 쌀쌀할지도 모르니 스카프 하나 준비하고, 추억의 노래 CD 한 장 주머니에 넣어야지. 최고로 행복하던 때 사진 몇 장을 가방에 넣어야지. 일기를 쓸 작은 수첩 하나 주머니에 넣자. 집 밖으로 나서서 아무 차나 집어 타야지. 그리고 마음에는 아무것도 두지 말아야지…….

생이 지리멸렬하게 느껴지는 어느 날에는 그렇게, 발길 닿는 대로 떠나 보는 것도 좋습니다.

지인이 그런 질문을 하더군요. 이 세상 떠나는 날이 되어서 누군가 내게 한평생이 어땠는지 헤드라인 한 줄로 말해 보라면 뭐라고 하겠느냐고.

뭐라고 대답할까 잠시 생각했습니다. '좋은 사람이 있어서 행복했다.'고 할까, 뭐라고 할까…….

그러다 보니 이런 생각이 들었습니다. 언젠가 인생에도 끝이 있고, 그래서 항상 그 끝을 생각하면서 살아야 하는구나…….

인생에 해피엔딩은 없다는 말을 합니다. 그런데 얼마 전에 본 연극에서는 이런 대사가 있었습니다.

"인생의 해피엔딩은 신의 몫이 아니라 자신의 몫이다."

우리는 지금 나 자신의 인생 대본을 쓰는 중입니다. 그 대본이 해피엔딩이 될지 아닐지는 전적으로 자신의 몫입니다.

"정말 우리는 어려운 시대를 살아왔어요.

죽을 고비도 많이 넘겼고 숱한 고통도 많이 겪었지요.

그러나 돌이켜 보면 편안하기만 한 인생보다는 훨씬 값진 삶을 살아
온 것 같아요."

하시다 스가코의 소설 『오싱』에 나온 대목입니다. 모든 일본 여성
을 울리며 센세이션을 일으킨 대하소설 『오싱』은 80여 년에 걸친 한
여인의 일생을 다뤘습니다. 소설은 쌀 한 가마니에 남의 집 더부살이
로 팔려 가는 일곱 살 소녀의 이야기에서 시작됩니다.

지독한 가난 때문에 아이를 더 이상 키울 수 없는 오싱의 집에서는
오싱을 더부살이로 보내야 했습니다. 할머니는 "내가 하루에 한 끼만
먹을 테니 오싱을 남의 집에 보내지 말라."고 합니다. 하지만 오싱은
할머니가 굶주리느니 차라리 자기가 더부살이를 가겠다고 합니다.

어린 딸이 남의 집에 가는 날 어머니는 울면서 말합니다.

"참고, 참고 또 참아라. 그래도 정 괴롭고 못 견디겠거든 집으로
오거라. 엄마가 언제나 기다리고 있으마."

이불 속에서 숨죽여 울기만 하던 할머니는 떠나가는 손녀의 손바
닥에 은화 한 개를 쥐어 줍니다.

"할미는 그것밖에 줄 게 없구나. 배가 고프면 뭘 사 먹어라."

오싱은 고개를 끄덕이며 손가락이 아프도록 은화를 꼭 쥡니다.

오싱의 첫 번째 더부살이가 시작됩니다. 일곱 살 어린 아이가 이른

새벽에 일어나 밥을 하고 애 보기와 빨래 등 수많은 일을 해야 합니다. 그런데 할머니가 주신 은화가 발각되면서 도둑으로 누명을 쓰고는 그 집에서 쫓겨납니다.

길을 걷다가 지쳐 버린 오싱은 추운 겨울날 산속에서 쓰러지고, 군대에서 도망쳐 쫓기는 병사 준사쿠가 오싱을 보살펴 줍니다. 준사쿠는 오싱에게 하모니카를 주며 말합니다.

"괴로운 일도 슬픈 일도 많이 있을 거야. 그럴 때 이걸 불어 봐."

오싱은 준사쿠가 정말 좋았습니다. 그런데 준사쿠는 오싱을 마을에 데려다 주러 산에서 내려갔다가 오싱의 눈앞에서 총살을 당하고 맙니다. 눈 위에 쓰러져 움직이지 않는 준사쿠에게 달려가 그를 안타깝게 부르는 오싱에게 그는 말합니다.

"난 이렇게 되는 게 더 나아. 오싱, 넌 후회 없이 살아야 해."

그 후 오싱은 큰 쌀집으로 또다시 더부살이를 가게 됩니다. 그 집에는 오싱의 또래 가요가 있습니다.

어느 날 가요와 함께 전기 공사를 구경하던 오싱은 쓰러지는 전신주 밑에 서 있는 가요에게 몸을 던져 목숨을 구합니다. 그날 이후 오싱은 식구들의 애정을 듬뿍 받으며 지냅니다.

큰방 마님은 오싱에게 집에 다녀오라며 보내 주는데…… 오싱이 집에 도착했을 때 할머니는 위독한 상태였습니다. 오싱은 할머니께 정성껏 죽을 쑤어드리지만 할머니는 "맛있다."는 말도 못한 채 오싱의 손을 잡고 세상을 떠납니다. 오싱은 평생 고생만 했던 할머니의 가엾은 죽음을 지켜보며 결심합니다. 꼭 돈을 벌어 부자가 되겠노라고……

오랜 세월이 흐른 후 여든셋 생일에 자식과 손주들이 다 모인 파티에서 오싱은 홀연히 사라져 옛 고향을 찾아갑니다. 그리고 과거의 흔적이 어린 곳을 둘러보며 지난날을 회고합니다.

힘든 시대를 살아왔고, 죽을 고비도 넘기고, 전쟁의 참혹함도 건너오면서 그때그때 최선을 다해 살아왔노라고…… 그러니 더는 아무것도 바랄 게 없노라고.

새들이 한평생 하늘을 날며 사는 것이 신기할 때가 있습니다. 물고기가 한평생 헤엄을 치며 바닷속에서 사는 것도 신기하고, 나비가 허공을 날며 평생을 사는 것도, 벌레가 풀 위를 기어가며 일생을 사는 것도, 어떻게 저렇게 살아갈 수 있는지 참 신기하게 여겨집니다.

사람 사는 일도 알고 보면 크게 다르지 않지요. 가끔씩 나 스스로 내 삶의 모습에 낯설어 하기도 하고, 순간순간 자신을 돌아보며 충격도 느껴 가면서…… 우리는 반복되는 일상에 익숙해집니다.

살면서 잘 풀리는 날이 있으면 "이게 사는 거구나." 기뻐하고, 잘 안 풀리고 힘들어지면 "그래도 이게 사는 거야." 위안도 해 가면서 살아가는 것. 그것이 우리 삶의 방식이자 삶의 비밀이었음을 천천히 알아 갑니다.

우리의 할머니, 어머니도 그렇게 살아오셨겠지요. 들꽃처럼…….

시멘트 도로 사이 아주 작은 흙의 공간에 피어난 작은 들꽃…….
우리의 어머니는 바로 그런 들꽃의 삶을 살아오셨습니다. 그저 자신의 생을 열심히 살아가는, 아주 겸손하게 피어난 꽃……. 그래서 그 꽃은 작지만 결코 작아 보이지 않습니다. 한 순간 한 순간, 다가오는 생의 고난을 넘으며 자신에게 다가오는 인연을 소중하게 여기며 살아가는 들꽃의 생은, 그 어떤 크고 화려한 꽃보다 더 아름답습니다. 그 어떤 용감한 맹수보다 더 위대합니다.

내 인생의 화양연화

© 송정림, 2013

초판 1쇄 발행 2013년 10월 30일
초판 3쇄 발행 2014년 7월 10일

지은이   송정림
그린이   권아라
펴낸이   강병철

펴낸곳   자음과모음
출판등록 1997년 10월 30일 제313-1997-129호
주소   121-840 서울시 마포구 서교동 396-33번지
전화   편집부 02) 324-2347 경영지원부 02) 325-6047
팩스   편집부 02) 324-2348 경영지원부 02) 2648-1311
이메일   inmun@jamobook.com
커뮤니티 cafe.naver.com/cafejamo

ISBN 978-89-5707-783-2 (13810)

잘못된 책은 교환해드립니다.
저자와 협의해 인지를 붙이지 않습니다.